U0115257

文學研究叢書・臺灣文學叢刊

記憶與認同：

灣生鈴木怜子及《南風如歌》研究

蔡知臻　著

感謝

鈴木怜子女士

紀念

曹海瀛先生

推薦序
從單一的形象解放灣生

　　前幾年《灣生回家》電影上映，暢銷，雖然後來發生相關人士的「身分」爭議，但電影所帶來的迴響，讓「灣生」一詞在臺灣儼然「獲得市民權」（日文，即「廣為人知」之意）。以筆者的經驗而言，十多年前剛開始進行灣生研究，每當和友人聊及自己的研究題目時，總是必須在「灣生」一詞後面加上許多補充說明，如：日本殖民統治時期的臺灣有一群從日本內地來臺的日本人，他們後來在臺灣生下第二代、第三代，他們固然是殖民者、支配者的日本人，但經年累月下來，還是有不少人對日本內地產生疏離感，反而對臺灣有莫名的「親切感」等等。但如今談及「灣生」時，已經可以省略這一大串註釋了。縱然如此，由於該部電影的側重面，是強調「灣生」對臺灣的情感，同時較少觸及整體的歷史背景，導致「灣生」的形象較為同質單一，即「這裡曾經有一群熱愛臺灣的日本人，即使他們離開臺灣後，對臺灣仍充滿鄉愁，而這份鄉土愛也從未消失」。

　　蔡知臻的大作《記憶與認同：灣生鈴木怜子及《南風如歌》研究》，聚焦於鈴木怜子個人的著作，探究其生命經驗與「灣生」認同建構過程的關係，可說是將「灣生」從上述單一形象解放的嘗試。誠如本書所指出，每一位灣生及在臺日本人，其在殖民地臺灣以及引揚後在日本的身分、階級、經歷，遭遇都各有不同，因而個人對臺灣的看法、態度與情感亦隨之產生分歧。對臺灣愛不愛、鄙視不鄙視，引揚後對臺灣懷有鄉愁與否、對殖民統治感到愧疚與否等，這些都是因人而異。例如小林勝這位日本人作家，他出生於同樣受到日本殖民統

治的朝鮮，戰後回到日本，因對殖民統治期間日本在朝鮮的壓榨、剝削、打壓行徑感到愧疚，於是始終壓抑著自己對朝鮮的鄉愁和嚮往（請見原祐介：《禁じられた鄉愁——小林勝の戰後文學と朝鮮》，東京都：新幹社，2019年3月）。

　　近年，像知臻所做的個案研究亦愈發豐富且多元，研究對象亦不限於所謂來自日本內地的日本人，也包括當時同樣位於日本帝國邊緣的沖繩，這些成果為灣生、在臺日人研究帶來更豐富、多元的視角。在近期所見的研究當中，很希望在此和知臻與各位讀者分享的是在臺沖繩人相關的重要研究著作。其一是日本琉球大學的團隊，前年彙整針對「臺灣引揚者」進行的口述記錄，揭開沖繩人在臺灣及引揚後美國占領下沖繩的經歷、遭遇及秘辛。（赤嶺守：《「沖繩籍民」の臺灣引揚げ證言‧資料集》，沖繩縣：琉球大學法文學部，2018年3月）。另一部著作，是冨永悠介的《「あいだ」に生きる（中譯：活在「夾縫中」）——ある沖繩女性をめぐる經驗の歷史學》（大阪市：大阪大學出版會，2019年3月），探討一名來自沖繩的日本女性之生命經驗。她來臺當酒店的服務生，與被當局徵用來臺做工人的朝鮮男性結婚，日本戰敗後陰錯陽差繼續留在臺灣基隆。這些研究都已經不能在臺灣單一或臺日兩地的關係脈絡裡討論，而是包括了沖繩、朝鮮，甚至必須在整個東亞的歷史趨勢下探討才能夠釐梳。知臻的研究對象「鈴木怜子」一家，無論是戰前或戰後都擁有豐富的移動經驗，期盼知臻日後在更大的框架進一步深究鈴木的移動經驗、認同，相信將有助於深化灣生研究，更開拓臺灣文學、歷史與文化研究的可能性。

鳳氣至純平
（國立成功大學歷史學系博士後研究員）

目次

圖表目錄

第一章

緒論

第一節　研究動機與問題意識

　　一八九五年清朝因中日甲午戰爭失利，被迫與日本帝國簽訂《馬關條約》，割臺灣予日本帝國，成為日本帝國第一個「外地殖民地」[1]，爾後日本人陸續來臺並進行開發統治，且荊子馨曾指出，日本帝國併吞臺灣一事，顯示出日本殖民主義在全球殖民主義這個更大的地緣政治中的特殊歷史關係。[2]臺灣本就是一開發中地區，日本殖民政府在統治臺灣初期，並不重視在臺日人的移民政策與開發，直至十多年後才陸續有所行動，進行一連串農業移民及同化政策，在日本領有臺灣之後（1895-1945），以同化政策為指導原則進行殖民地臺灣的統治。張素玢的研究指出，日本領臺初期，日本就由政府主導「內地人移民」，視「移民」為殖民同化政策的重要方針。

　　移民的方式可以分為私營與官營，且不管是私營、官營移民，皆以實踐國家政策為目標，兩者只是經營主體的差別。有關臺灣的日本移民事業根據計畫的成立至結束可分為四階段：（一）初期私營移民時期。從領臺之後到一九〇八年。（二）花蓮港廳官營移民時期，從一九〇九至一九一七年。（三）臺東廳私營移民時期，從一九一八至

1　北海道、沖繩為內地殖民地，臺灣、朝鮮為外地殖民地。

2　荊子馨著、鄭力軒譯：《成為「日本人」：殖民地臺灣與認同政治》（臺北市：麥田出版，2006年），頁35。

一九三一年。（四）後期官營移民時期。從一九三二至一九四五年。[3]
有鑑於私營移民對移民者未加篩選，導致有許多後遺症出現，所以官
營移民的資格審查則周密而謹慎，日本移者必須要符合多項條件才能
通過甄選。[4]其中一項條件為：「家眷必須一起移民。」為何日治時期
有大量的「灣生」出現，就與日本帝國的官、私營移民政策、農業移
民來臺有相當大的關係，因為這些來臺之日本人必須攜家帶眷。這些
因日本帝國農業移民政策來臺的日本人全心投入在異地（臺灣）的新
事業並經營自己的新生活，落地生根以臺灣為家，於此地結婚所生下
的第二代、第三代在臺日人，即稱為「灣生」。雖招募移民時規定必
須帶家眷，每棟移民住宅也以家庭活動來規劃，但據張素玢訪問及研
究指出，臺灣中部秋津村東口聚落有兩間單身宿舍，宅地面積一樣，
但是屋舍較大，一共六個房間，中間為走道，當地區民稱作「羅漢腳
間」，[5]可見殖民地臺灣移民社會的多元狀況與歷史圖像。灣生從出
生、成長皆認為其生活之地為「家鄉」、「故鄉」，從沒有想過當時的

---

3 林呈蓉：〈日本人的臺灣經驗——日治時期的移民村〉，收於戴寶村編：《臺灣歷史
  的鏡與窗》（臺北市：國家展望文教基金會，2002年），頁136-145。張素玢：《未竟
  的殖民：日本在臺移民村》（臺北市：衛城出版，2017年），頁27。
4 日治時期官營移民的十項審查條件：（1）有永住臺灣之堅強意志，以農業為業不兼
  營他業。（2）身體健康無令人厭惡之疾病。（3）品行端正，無酒癮、賭博等惡習。
  （4）家眷必須一起移民，如家庭情況不許可，則夫妻先行渡臺，一年內接眷來
  臺。（5）除渡臺旅費以外，還需要有相當的資金；兩人移住需備150圓以上，四人
  250圓以上，超過五人者，每人至少要有50圓的現金或郵政儲金。（6）應勤儉敬
  業，保有做為日本人的體面。（7）移民渡臺以後如兼營他業，怠忽農事，有損日本
  人地位者，需繳清貸款退還土地，離開移住地。（8）妻子沒有一起移民者不予採
  用。（9）由仲介經辦移民者，不予採用。（10）應募者應填妥移民申請書、町村長
  開具的身分證明書暨戶籍謄本。資料來源：臺灣總督府：《官營移民事業報告書》
  （臺北市：編者，1919年），頁99-101；張素玢：《未竟的殖民：日本在臺移民村》
  （臺北市：衛城出版，2017年），頁69。
5 張素玢：《未竟的殖民：日本在臺移民村》（臺北市：衛城出版，2017年），頁69-
  70、頁312。

臺灣只是日本帝國的殖民地，更從無看過、踏上過「祖國日本」的領土，因在灣生的認知上，「臺灣」即為「日本」，而這些認知與觀念直至一九四五年日本戰敗後才被重新建構。

　　一九四五年二次大戰結束後，日本帝國戰敗，依照一九四三年「開羅宣言」的約定，中華民國政府將接收臺灣。臺灣行政長官公署於一九四五年十月二十五日成立時，島上住民從此跨進了一個全新的歷史階段。但對於在臺日人、灣生來說，他們必須離開臺灣，接受引揚回所謂的「祖國日本」，也讓他們產生某些困惑：為何要離開自己的家鄉？我（灣生）出生的地方不就是日本嗎？且被國民政府引揚回祖國日本的在臺日人、灣生，亦無法融入土生土長的日本帝國子民之生活與環境，內地的日本人對於殖民地歸日的在臺日人以及灣生相當不友善，甚至歧視他們，出現階級差異，以至引揚回「日本祖國」的灣生及在臺日人對於「臺灣」的思念與記憶相較於現在生活的「日本祖國」更加深刻。此現象之闡述引領筆者從中發現，許多灣生是因其父親、或母親推行日本同化政策的關係來到臺灣並且落地生根生所生下的，一出生就處在日本殖民地臺灣的日本人，在認同處境上會遇到什麼樣的問題？我是臺灣人，還是日本人？一九四五年日本戰敗之後這群在臺灣的日本人接受引揚回祖國日本，曾為在臺日人的日本人以及灣生又會有怎樣的命運與記憶糾葛？這些問題都有待繼續觀察並闡述後詳細研究。

　　本文以「灣生」開啟研究動機，即在於二〇一五年紀錄片《灣生回家》備受關注，除影視界大力推崇，在學術界亦出現大量研究相關議題或是文學作品的學者，以至於開始關注此族群的人、事、物。「灣生」，是指西元一八九五年到一九四六年出生於臺灣的日本人，隨著二戰結束後，他們引揚回祖國日本，原生成長的臺灣，化身為心

中永遠的懸念與鄉愁。[6]紀錄片《灣生回家》中提到，回顧臺灣與日本歷史教科書，此段有關「灣生」歷史與「灣生」一詞並無被記載於教科書當中，[7]筆者亦感嘆，對臺灣歷史與日本歷史如此重要族群竟是一群被忽略、不談、甚至帶有歧視意味，感到訝異與不解。

　　有鑑於此，本文找到一位灣生女性鈴木怜子（すずきれいこ），她於一九三五年出生於臺灣臺北，並將其設定為本文的研究核心，透過分析她的家族、自我生命軌跡、創作之文學作品，將一位「灣生」的一生及其成就與生命面貌勾勒出來。鈴木怜子所著回憶錄《台湾乳なる祖国──娘たちへの贈り物》[8]於二○一四年出版，同年經由譯者邱慎翻譯為中譯本《南風如歌：一位日本阿嬤的臺灣鄉愁》[9]，此書含有許多複雜記憶的集結與對話，就如離臺時年僅十二歲的鈴木怜子記憶中，也交織著屬於父親（中島道一）的記憶，他們大多在日本戰敗（一九四五年後）接受引揚回母國（日本帝國）之前，從未踏上日本內地過一步，不然就是對於「祖國」的印象是無知的、不清的。[10]鈴木怜子在書寫回憶錄的過程中，她如何藉由父親的記憶、反映與影響，建構並認識自己關於「灣生」的定位與身分認同，且記憶屬於「重構」，不屬於重現，在記憶的重構過程中，昔日擦肩而過的臺灣人、日本人重新被灣生鈴木怜子看見並寫下來，亦呈現出本書之特殊

6　吳佩珍等撰文：《相遇時互放的光亮：臺日交流文學特展圖錄》（臺南市：國立臺灣文學館，2016年）頁118-119。

7　黃銘正：《灣生回家》紀錄片，二○一五年出版。

8　鈴木 れいこ：《台湾乳なる祖国──娘たちへの贈り物》（東京都：彩流社，2014年）。

9　鈴木怜子著、邱慎譯：《南風如歌：一位日本阿嬤的臺灣鄉愁》（臺北市：蔚藍文化，2014年）。

10　洪郁如：〈灣生的記憶如何閱讀：我們準備好了嗎？〉，收錄於鈴木怜子著、邱慎譯：《南風如歌：一位日本阿嬤的臺灣鄉愁》（臺北市：蔚藍文化，2014年），頁16-19。

性，也因此在敘事的過程中，建構自我的認同或是國族認同也是本文著重討論的方向。荊子馨指出，殖民地臺灣身為一種場址，中國與日本不僅在政治運動萌生初期形成具體場域，也是各種真實與想像的關係性、親近性、團結性與認同性據以建構和爭鬥的論述空間，[11]然灣生就在其中，他們除本身的日本人身分之外，親身經驗的是中國曾影響之臺灣，所以其認同的表現上呈現多重複雜的混合性。綜論之，本文將提出的問題意識包含以下兩點：（一）藉由《南風如歌》的審視，鈴木怜子的「灣生身分與國族身分」之敘事認同如何建構、如何成為「灣生」（二）在臺日人、灣生的記憶書寫與離散如何敘事？

於此同時，目前學術界尚未有「專書」以灣生鈴木怜子為討論中心，也希冀本研究更能突破臺灣文學與史學的研究面向，透過爬梳史料的印證、堆積並析論，釐清灣生鈴木怜子的人生與創作，也能思考灣生在其生命歷程與經驗上有何特殊性。灣生群體目前多在凋零當中，在不久的將來，「灣生」終將成為「歷史」，期許本文的完成有其貢獻度以及開創性。

第二節　文獻回顧與探討

灣生研究相較於其他臺灣、日本文學的研究領域，目前相對缺少。本文將研究回顧與探討分為日本移民政策與移民村研究、灣生研究、離散研究、集體記憶研究、敘事認同五部份。從這些研究回顧與討論，扣緊本文之主題與概念論述，進而從中找尋研究空缺並提出前行研究的討論面向與本文的期許與展望。

---

11 荊子馨著、鄭力軒譯：《成為「日本人」：殖民地臺灣與認同政治》（臺北市：麥田出版，2006年），頁84。

一 日本移民政策與移民村研究

　　此研究回顧主要聚焦於日本移民村與移民事業。目前關於日本移民的全面研究較少，以下列兩本專書為代表。張素玢《未竟的殖民：日本在臺移民村》[12]為其博士論文改寫而成，先前已由國史館補助出版《臺灣的日本農業移民——以官營移民為中心》一書。張素玢提及臺灣向來被稱為「移墾社會」，更促使她研究日治時期的日本移民現象，將全臺灣的移民村及其面貌勾勒出來，做系統性的田調與訪查，亦運用大量史料做增補，是目前日本移民村研究的權威。卞鳳奎《日治時期日人在臺灣移民之研究》[13]從日治時期的人口成長問題，進一步探究日本菁英在臺灣活動的狀況與分布，且從地方為關照點，討論鹿兒島人、在臺沖繩人、花蓮吉野村的移民問題與系譜研究。綜觀這兩本書，雖在研究的範疇有相似之處，但張素玢著重在日本移民「村」，強調社群、聚落的歷史發展與社會經歷，而卞鳳奎則以日本「移民」為要，皆是重要參閱的前行研究。

　　單篇研究部份，黃蘭翔重視花蓮官營移民村的移民政策探討，以及建築建設的規劃與興建，亦提及臺灣人入住日本移民村的相關問題。[14]陳鴻圖分析官營移民村在東臺灣水利開發的推行與過程，主要以吉野圳、豐田圳、林田圳為探討中心，也說明日治時期現代化工程的重要性仍影響現今的東臺灣水利。[15]岩村益典一邊介紹堀上協手記的重要性與史料的珍貴，也一邊觀察臺灣官營移民的問題，他指出官

---

12 張素玢：《未竟的殖民：日本在臺移民村》（臺北市：衛城出版，2017年）。

13 卞鳳奎：《日治時期日人在臺灣移民之研究》（新北市：博揚文化，2016年）。

14 黃蘭翔：〈花蓮日本官營移民村初期規畫與農宅建築〉，《中央研究院臺灣史研究》第3卷第2期（1996年12月），頁51-91。

15 陳鴻圖：〈官營移民村與東臺灣的水利開發〉，《東臺灣研究》第7期（2002年12月），頁135-164。

營移民與日本帝國主義的關聯，亦指出移民村在臺灣的在地性發展與日本內地呈現非常不同的狀況。[16]張素玢研究一九一〇至一九三〇年代日本帝國進行的東部開發，推動官營、私營與種作，並以移民者與臺灣山豬的衝突點作為分析主軸，強調移民政策改變了當地人群與空間的運用，亦影響動物的自然生態。[17]

二　灣生研究

灣生的研究會因灣生出現在許多不同創作、文本當中，或是不同灣生所創作的文學作品而有所差異與特殊性，以至相當多元與豐富。本回顧更細分為三部分，一為灣生個案研究、二為灣生小說研究、三為灣生回憶錄、紀錄片研究。

個案研究是以「人」為中心的大篇幅撰述，並配合歷史脈絡、個人經驗，呈現此研究對象的特殊意義及研究價值。鳳氣至純平是臺灣截至目前為止第一位以「灣生個案：中山侑」為主題撰寫學位論文之研究者，他以灣生中山侑（1909-1959）為考察核心，將其在臺活動、思想的變遷確切刻劃出來，亦逐一介紹中山侑的作品、行為及相關言論，再者以此時代背景為主深入探討，也爬梳了中山侑的生長背景、文化活動、文學作品與灣生身分的認同問題，雖然可以說中山侑對於臺灣這塊土地抱持濃厚的關懷，但無法看出他對臺灣人持有什麼樣的特殊感情，少年時期所窺見的臺灣人面貌僅是觀念的存留，並沒

---

16 岩存益典：〈由臺灣官營農業移民探討日本帝國主義的特色——「堀上協的手記」為中心〉，《史耘》第11期（2005年12月），頁57-80。

17 張素玢：〈移民與山豬的戰爭——國家政策對生態的影響（1910-1930）〉，《師大臺灣史學報》第4期（2011年9月），頁95-127。

有成為長大後積極親近臺灣人的契機與動機。[18]吳宗佑〈生活就是報國——中山侑的青年劇運動〉[19]主思考青年劇運動在皇民化下的狀態與呈現，分析中山侑所作青年劇劇本，並指出青年劇不僅是為國策效力，同時反映戰時人民的日常生活。鳳氣至純平的博士論文以《日治時期在臺日人的臺灣歷史像》[20]為題，處理在臺日人與灣生所呈現出來的歷史鏡像，包含文化活動、社會動向等，亦是本文重要的參閱前行研究。

　　灣生小說前行研究，目前所找到之灣生小說文本有濱田隼雄《南方移民村》[21]、施叔青臺灣三部曲第二部《風前塵埃》[22]、郭強生《惑鄉之人》[23]，學者也已開始討論並有研究成果出現。小說文類有虛構、假象的創作與書寫策略，以至在回顧時將小說與回憶錄較為真實呈現的文類分開處理與爬梳，希冀呈現灣生小說的寫作特色與多元的研究面向。

　　濱田隼雄《南方移民村》的研究成果，林秀珍先從《灣生的牽

18　鳳氣至純平：《中山侑研究——分析他的「灣生」身分及其文化活動》（臺南市：國立成功大學臺灣文學系碩士論文，2006年）。

19　吳宗佑：〈生活就是報國——中山侑的青年劇運動〉，《往返之間：戰前臺灣與東亞文學・美術的傳播與流動》（臺北市：國立政治大學圖書館，2017年），頁143-165。

20　鳳氣至純平：《日治時期在臺日人的臺灣歷史像》（臺南市：國立成功大學臺灣文學系博士論文，2014年）。

21　濱田隼雄：《南方移民村》（臺北市：柏室科技藝術，2004年）。

22　《風前塵埃》以三個不同的種族、語言生活習慣各異的族群，描繪日治時期的花蓮與臺東。此三的族群分別以下列角色為代表：太魯閣族的哈鹿克（原住民）、在殖民地移民村和立霧山生活的警察橫山新藏以及其女灣生橫山月姬（日本人）、愛上橫山月姬的攝影師范姜義明（客家人）。詳文請參閱施叔青《風前塵埃「臺灣三部曲」之二》（臺北市：時報文化，2008年）。

23　《惑鄉之人》以族群、階級、同志貫穿整本小說，主要的角色為灣生松尾森（日本底層之人）、臺灣富家少爺（高級臺灣人）、松尾見二（灣生松尾森之孫）。詳文請參閱郭強生《惑鄉之人》（臺北市：聯合文學，2012年）。

掛》之報導為始，討論日治時期移民村的政策、人口與生活，並析論
引揚後灣生對臺灣的牽掛與鄉愁；緊接進入《南方移民村》小說文本
中，希冀從濱田隼雄、日本東北與臺灣臺東場域、小說人物的神聖性
再現六十年前的臺東移民村面貌。[24]朱惠足以小說文本及史料蒐集的
比對，全面刻劃日治臺灣臺東移民村人們的生活景象如何在小說裡呈
現，與史料呼應之真實度考察，更可從中發現報導以及真實之關係匪
淺。[25]橫路啟子探討作者濱田隼雄在小說中的思想變遷以及「更正」[26]，
而林雪星則是集中討論小說中知識份子的呈現與表象為何，並以醫生
神野圭介為主要論述對象。[27]鳳氣至純平〈書いたのは誰の歷史
か？──『南方移民村』から見る濱田隼雄の歷史意識〉[28]挑戰歷史
書寫的問題，從濱田隼雄《南方移民村》看出作者對於「臺灣」還是
「日本」歷史的疑惑與不解。另兩篇較為特殊的研究視角切入《南方
移民村》的論文，一為文學史論的切入視角，郭祐慈從臺灣歷史與臺
灣文學史的歷史脈絡詳細論述，並且討論濱田隼雄《南方移民村》在
臺灣文學、歷史上的定位在何處，指出其價值何在。[29]一為報導文學
視角切入，蔡旻軒強調報導文學注重的兩個面向：歷史價值與真實性
並切入討論《南方移民村》一書，且將文本再審視，讓《南方移民

---

24 林秀珍：〈灣生的牽掛：集體移民的神話圖像〉，收錄在《遷徙與記憶》（高雄市：
　　國立中山大學人文中心，2013年），頁43-67。
25 朱惠足：〈日本帝國的「浪漫主義」與「內地人」開拓先鋒──濱田隼雄《南方移
　　民村》的東臺灣「內地人」移民〉，《文化研究月報》第24期（2003年2月）。
26 橫路啟子：〈濱田隼雄《南方移民村》論──以「更正」為中心〉，《東吳日語教育
　　學報》第36期（2011年1月），頁105-128。
27 林雪星：〈濱田隼雄的「南方移民村」裡的知識份子表象──以醫生神野圭介為
　　主〉，《東吳外語學報》第29期（2009年9月），頁61-80。
28 鳳気至純平：〈書いたのは誰の歷史か？──『南方移民村』から見る濱田隼雄の
　　歷史意識〉，《日本台湾学会報》第14号（2012年6月），頁89-107。
29 郭祐慈：〈文學與歷史：濱田隼雄《南方移民村》之文學史定位〉，《臺灣風物》第
　　56卷第3期（2006年9月），頁105-138。

村》自報導文學的角度重新分析，本文的研究方法自文獻資料比對文本中的虛與實，並且運用美國新新聞作家伍爾夫所主張的寫實主義技法，檢視濱田隼雄寫實主義小說之書寫策略。[30]

　　施叔青臺灣三部曲第二部《風前塵埃》之研究成果亦豐碩。曾秀萍重新思考關於「臺灣」的界線何在？並說明灣生在小說中與歷史交織下的特色，曾文指出敘事者已經在小說中透露其政治無意識，用日本人為主要敘事視角明顯忽略臺灣的主體性，更間接指出施叔青的嚴重日本情結等相關問題，而產生這本弔詭的臺灣寓言小說。[31]楊采陵碩士論文第四章以「認同光譜」來看《行過洛津》與《風前塵埃》二書，認為《風前塵埃》涉及日本殖民臺灣此一歷史事實，其身份認同光譜散射的色彩又比《行過洛津》更為繁複斑斕，在閩客漢人和原住民的族群思考、殖民者和被殖民者的階級問題之外，還要納入非同文同種的種族面向一併探討。書中身分認同呈顯兩個極端的對照組合，莫過於傾慕日本文化的客家人范姜義明，和愛戀臺灣原住民的日本人橫山月姬。[32]曾玫慧碩士論文第三章則直接探討《風前塵埃》中三代女性的認同追尋，分別為橫山綾子、橫山月姬、無絃琴子，分析不同角色對於認同的追尋，包括橫山月姬的灣生身分。[33]謝秀惠亦有相似曾玫慧的研究成果。[34]

30　蔡旻軒：〈論《南方移民村》作為報導文學文本的可能〉，《文史臺灣學報》第6期（2013年6月），頁49-71。

31　曾秀萍：〈一則弔詭的臺灣寓言——《風前塵埃》的灣生書寫、敘事策略與日本情結〉，《臺灣文學學報》第16期（2015年6月），頁153-190。

32　楊采陵：《家鄉的三重變奏——從空間語境和身體意識探究施叔青的臺灣書寫》（新竹市：國立清華大學臺灣文學研究所碩士論文，2009年）。

33　曾玫慧：《施叔青「臺灣三部曲」中的性別意識與歷史觀照》（新竹市：國立清華大學臺灣文學研究所碩士論文，2015年）。

34　謝秀惠：《施叔青筆下的後殖民島嶼圖像——以《香港三部曲》、《臺灣三部曲》為探討對象》（臺北市：國立臺灣師範大學臺灣文化及語言文學研究所碩士論文，2010年）。

　　郭強生的小說研究亦開展，以《惑鄉之人》為主。曾秀萍運用三個概念（灣生、怪胎、國族）來解讀郭強生小說《惑鄉之人》，跳脫許多以「男、女」為解釋的國族寓言，此小說運用族群（日本人／臺灣人）、階級（底層／高階）、同志（男／男）三者之混雜來討論小說中的國族意義、寓言與鬼魅敘事，指出灣生認同問題的複雜性與政治性，並認為《惑鄉之人》以同性情欲結合歷史，交織出複雜、多重的國族寓言，不僅將日治時期臺灣人渴望「成為日本人」的認同敘事改寫為日本人想「成為臺灣人」的返鄉敘事。[35]李沿儒碩士論文《郭強生小說中的空間書寫研究——以性別與身分流動為觀察核心》嘗試以「空間」和「性別」所交織下的性別秩序來討論郭強生所營造的小說空間，而空間多著重在「都市」，此為第一本全面以郭強生文學為中心探論的碩士學位論文。[36]二〇一七年蘇筱雯碩論《尋愛以安身？——郭強生小說研究（1980-2015）》[37]聚焦於考察郭強生小說創作中「自我」在愛情中的表現，以「自我」之困阨為主軸，串連前後期作品，解讀其愛情書寫的核心與謎底，也探看郭強生筆下更廣泛的人我關係，以及應對外部世界、現實社會的方式。筆者期待有更多學者與研究者多從「灣生」視角切入討論郭強生的小說作品。

　　從上述得知，將灣生放入小說情節與人物之作品雖然為數不多，但是研究部分之成果已逐年出現，可能因「灣生」議題較新穎，所以尚未有更多元的研究出現，這也是可以期待的部分。總結灣生小說的前行研究，《南方移民村》多從新聞報導、人物書寫、歷史意識、真

---

35 曾秀萍：〈灣生・怪胎・國族——《惑鄉之人》的男男情欲與臺日情結〉，《臺灣文學研究學報》第24期（2017年4月），頁111-143。

36 李沿儒：《郭強生小說中的空間書寫研究——以性別與身分流動為觀察核心》（嘉義縣：國立中正大學臺灣文學研究所碩士論文，2014年）。

37 蘇筱雯：《尋愛以安身？——郭強生小說研究（1980-2015年）》（臺南市：國立成功大學臺灣文學系碩士論文，2017年）。

實與虛構等方向研究；《風前塵埃》則是以灣生書寫、臺日情結、書寫策略、身分認同、女性的自我追尋身分書寫等；《惑鄉之人》則是出現國族、階級、男男情欲、空間視角、愛欲等研究。

灣生回憶錄、紀錄片前行研究，目前所找到在臺灣以華文出版之灣生文本有以下：回憶錄：鈴木怜子《南風如歌：一位日本阿嬤的臺灣鄉愁》、竹中信子《日治臺灣生活史：日本女人在臺灣》[38]等四本。紀錄片：《灣生回家》。[39]本文研究主以鈴木怜子回憶錄《南風如歌：一位日本阿嬤的臺灣鄉愁》為中心。

關於鈴木怜子《南風如歌：一位日本阿嬤的臺灣鄉愁》的前行研究與論述，黃錦珠曾從大歷史敘事與小歷史敘事為切入角度，重新提醒讀者除了既定的歷史事實之外，更要關注個人史、家族史、日記等小敘事，《南風如歌》一書即為代表，並且從國族與個人認同分析文本。但是本文通篇沒有出現「灣生」一詞，實為可惜。[40]劉安討論《南風如歌》一書多集中於鈴木怜子戰後與兩個女兒歸臺至阿里山遊玩，觸動戰前記憶中的阿里山故事與想念，而鈴木怜子在文中重構的阿里山記憶，寫出她對於被殖民者的慚愧，還有當時自己的無知與不了解，藉著記憶反思、反省，更呈現錯置的空間與想像，呈現散文中獨特的阿里山書寫。[41]

---

38 本系列套書共有四本：竹中信子著、蔡龍保譯：《日治臺灣生活史：日本女人在臺灣（明治篇 1895-1911）》、《日治臺灣生活史：日本女人在臺灣（大正篇 1912-1925）》、《日治臺灣生活史：日本女人在臺灣（昭和篇 1926-1945）上》、竹中信子著、熊凱弟譯：《日治臺灣生活史：日本女人在臺灣（昭和篇 1926-1945）下》（臺北市：時報文化，2007-2009年）。

39 黃銘正：《灣生回家》紀錄片，二〇一五年出版。

40 黃錦珠：〈臺灣記憶：個人與國族的對映和交疊〉，《文訊》第349期（2014年11月），頁112-113。

41 劉安：《戰後臺灣阿里山空間的現代文學書寫——以散文、新詩、小說三文類為觀察核心》，（臺中市：國立中興大學中國文學系碩士論文，2016年6月），頁37-40。

其餘《南風如歌》研究，目前都還只是會議初稿，《灣生回家》紀錄片亦然[42]，所以就不一一詳述。總結灣生回憶錄研究，主要就以《南風如歌》為中心，有以小歷史、個人史研究、阿里山書寫等等。以上的研究多單一、片面，也引發筆者想進一步全面探討《南風如歌》一書。因「灣生」議題被關注的時間較晚且較短，所以被關注的面向當然甚少，但是在小說與人物個案研究則是稍早就已出現，但鈴木怜子這位灣生及其回憶錄則近年才有部分學者開始關注，且多為會議論文。有鑑於此，本文企圖擴大研究與討論面向，分析鈴木怜子及其家族、歷史經驗、生命歷程等研究，將其脈絡化，並藉由中譯出版的回憶錄《南風如歌》為討論中心，希冀從不同的視角閱讀灣生的記憶、認同與書寫有何不同的發現與研究成果，讓此議題與群體被看見，並展現其研究價值與討論空間。

三　離散研究

在臺日本人（包括灣生）因日本戰敗，於一九四六至一九四八接受引揚回日本祖國，是一強迫性、歷史性的必經歷程，如離散的群體，因戰爭、重大社會事件等進行非自願式的移動與遷居。畢竟大多在臺日本人已視臺灣地區為家鄉，甚至已決定要在此地生活至終老，突如其來的戰敗且接受引揚，令他們無法招架。以至於離散在本研究為重要的概念，更影響灣生對於「故鄉意識」或「認同」的特殊性與變動性。

---

42 《灣生回家》紀錄片研究會議論文共一篇：陳子彤：〈記憶與真實的對應──紀錄片《灣生回家》的歷史再現與詮釋之論述〉一文著重討論紀錄片《灣生回家》，將分兩部分進行考察，一為探討紀錄片如何藉由拍攝對象的記憶片段再現歷史，二為導演如何用影像詮釋歷史的片段。本文將歷史背景的爬梳轉向至紀錄片的拍攝問題、詮釋視角等，實為跨領域的研究新成果。

　　李有成曾討論離散對於家國、道地、文化記憶的影響，強調離散經驗的繁複與多元性，將離散經驗強加劃一是不符事實的，也指出離散是歷史進程的產物，不能避諱。[43]賴俊雄研究當代離散的差異政治與共同倫理，說明現在的離散與過去的離散有更多歧異性與爭議性，在結構與流動性亦更多元，尤其在二十一世紀時與「差異政治」、「共同論理」產生之協商空間更產生具體的現象。[44]廖炳惠以黃哲倫與其他亞美作家為討論中心，探究其離散的身分認同、族裔認同，強調他擁有中國文化性格與文化傳承等問題。[45]張錦忠則多以在臺馬華文學為案，討論林幸謙的「僑生」身分與文化回歸，探究海外華人回歸中華文化母體的離散問題。[46]侯如綺探討臺灣外省人小說家筆下文學作品中的離散敘事，除討論外省作家文學中的原鄉意識之外，更爬梳離散者的流亡史。[47]周芬伶研究反共作家趙滋蕃的小說作品《半下流社會》與《重生島》，不同的是，周指出其小說當中充滿反離散、反流放的反叛性與現代性，也強調小說的中西美學。[48]洪淑苓討論越南華文詩人的現代詩作品，先從中找尋關於越戰的敘事，更進一步研究戰爭衍生出的離散敘述，指出越戰敘事中的亞洲經驗，凸顯現代詩特別

---

43 李有成：《離散》（臺北市：允晨文化，2013年8月）。

44 賴俊雄：〈當代離散：差異政治與共群倫理〉，《中外文學》第43期第2卷（2014年），頁11-56。

45 廖炳惠：〈全球離散之下的亞美文學研究〉，《英美文學評論》第9期（2006年），頁59-76。

46 張錦忠：〈文化回歸、離散臺灣與旅行跨國性：「在臺馬華文學」的案例〉，《中外文學》第33期第7卷（2004年12月），頁153-166。〈在臺馬華文學的原鄉想像〉，《中山人文學報》第22期（2006年7月），頁93-105。

47 侯如綺：《雙鄉之間：臺灣外省小說家的離散與敘事（1950~1987）》（臺北市：聯經出版，2014年）。

48 周芬伶：〈顫慄之歌──趙滋蕃小說《半下流社會》與《重生島》的流放主題與離散書寫〉，《東海中文學報》第18期（2006年7月），頁197-216。

的多元聲音與意涵。[49]

　　從不同方法與取徑談離散的學者，如邱貴芬談及「在地性」的生成與文化翻譯的問題，並以臺灣現代派小說解釋「根」（roots）與「路徑」（routes）的辯證。[50]王鈺婷則以旅美作家張讓為研究對象，探討散文中的跨界經驗與身分問題，也透過分析張讓的離散經驗在「根」與「路」之間，與兩個「中心」臺灣與美國之間的糾葛與意義，以及創作與自我定位的多重關係辯證。[51]

　　從上述離散相關研究回顧可以發現，在不同的族群、身分之人，甚至文學作品中的人物與書寫者的關係，都是離散研究不能缺少、忽略的重要指標，從小說、散文、亞美文學等不同文類，外省人、馬來西亞僑生、旅美作家、越華等不同族群，家國、文化認同、身分糾葛等議題，離散研究時序長遠，至今仍有許多研究者在戮力。

四　集體記憶研究

　　集體記憶就是將個人的記憶放在社會環境當中來探討，即所謂「集體記憶」。王明珂指出記憶是一種集體社會行為，現實的社會組織或群體（如家庭、家族、國家、民族，或一個公司、機關）都有其對應的集體記憶。[52]不同的灣生，因其生命歷程、成長經驗都有所差異，但是他們有其集體記憶、共同記憶，就是在一九四六至一九四八

49　洪淑苓：〈越華現代詩中的戰爭書寫與離散敘述〉，《中國現代文學》第27期（2015年6月），頁91-132。

50　邱貴芬：〈「在地性」的生成：從臺灣現代派小說談「根」與「路徑」的辯證〉，《中外文學》第34期第10卷（2006年3月），頁125-154。

51　王鈺婷：〈離散經驗與家國之間：論張讓散文中跨界經驗與「局外人」身分〉，《文史臺灣學報》第8期（2014年6月），頁53-74。

52　王明珂：〈集體歷史記憶與族群認同〉，《當代》第91期（1993年11月），頁7。

年的「引揚」，也因灣生接受引揚，才有故鄉意識、身分認同的轉
變、錯亂與多元性。

　　關於集體記憶的研究，王明珂討論歷史記憶與族群認同之間的關
係，兼及物品記憶對於集體記憶的重要性。[53]夏春祥分析在臺灣社會
中的符號建構過程，更以臺北市凱達格蘭大道為案例，說明集體記憶
的競逐情形與文化媒介在臺灣社會傳遞的價值與意識。[54]集中討論戰
爭記憶的研究，蕭阿勤討論臺灣戰後世代對於抗日集體記憶的民族化
過程，並且論及日治時期的臺灣新文學，本文指出戰後世代在政治社
會情境變動中重新建構日據時期臺灣新文學的集體記憶，藉由探討過
去與未來意識與行動指引，辯證自我與集體的建構與相互交錯。[55]許
文堂以清法戰爭中淡水、基隆戰役的文學與史實為討論中心，看出其
中記憶的差異性與集體性，也指出中國觀、臺灣觀的相互矛盾、集體
記憶的美化想像與自我滿足。[56]江柏煒以金門戰史討論國族歷史以及民
間社會之間的集體記憶關係，進一步分析分歧與斷裂的文化展示，找
出金門戰爭書寫與展演的立場與可能性。[57]二二八事件也是重要的集體
記憶研究事件，黃秀端就從報紙之報導來看二二八事件詮釋的策略面
向，以及如何受到政治權力與集體記憶影響，更說明在民主社會中，
存在多元的意見和資訊，民間社會則有抗拒操作的能力與意識。[58]

53　王明珂：〈集體歷史記憶與族群認同〉，《當代》第91期（1993年11月），頁6-19。
54　夏春祥：〈文化象徵與集體記憶的競逐──從臺北市凱達格蘭大道談起〉，《臺灣社
　　會研究季刊》第31期（1998年9月），頁57-96。
55　蕭阿勤：〈抗日集體記憶的民族化：臺灣一九七○年代的戰後世代與日據時期臺灣
　　新文學〉，《臺灣史研究》第9卷第1期（2002年6月），頁181-239。
56　許文堂：〈清法戰爭中淡水、基隆之役的文學、史實與集體記憶〉，《臺灣史研究》
　　第13卷第1期（2006年6月），頁1-50。
57　江柏煒：〈誰的戰爭歷史？：金門戰史館的國族歷史VS民間社會的集體記憶〉，《民
　　俗曲藝》第156期（2007年6月），頁85-155。
58　黃秀端：〈政治權力與集體記憶的競逐──從報紙之報導來看對二二八的詮釋〉，
　　《臺灣民主季刊》第5卷第4期（2008年12月），頁129-180。

上述集中討論關於戰爭或重要事件的集體記憶，主要是因灣生的引揚是受二次大戰之影響，且影響他們關於臺灣、故鄉的記憶與認同，也引領本文後續章節詳細討論與撰述。

五 敘事認同研究

關於日治時期的同化、認同研究，因為與灣生的生活、成長背景息息相關。許多認同研究，皆以臺灣人為研究中心，極少數是以「日本人」為觀察點。

「想像的共同體」，或稱「想像社群」的觀念，是由班納迪克・安德森於《想像的共同體：民族主義的起源與散布》[59]所提出，其概念在說明民族國家如何運用印刷出版主義（print capitalism）、文學、記憶、官方語言、人口普查、博物館等象徵資本（symbolic capital），和國旗、國歌、國家型紀念儀式，以及音樂等節慶活動，讓國土疆界之內的國民、都在想像、記憶、設定大家都同屬一個社群，使其建立歸屬感與同胞愛，以達成建立民族國家的基底，然而安德森亦說明想像的社群還會透過日常生活中的「貫連與非貫連的報導」來形塑共同體的想像，以及除去固定疆界內的國民之外，在許多移民社會中，移居到國外的海外僑民，往往也會對祖國產生一種遙控之「遠距民族主義」。[60]

一個民族的建立或是統治都必須要用一些方法或是手段，以日治時期的皇民化運動為例，日本運用了以下政策來進行內地延長政策，

---

59 Benedict Anderson著、吳叡人譯：《想像的共同體：民族主義的起源與散布》（臺北市：時報出版，2010年）。

60 參閱Benedict Anderson著、吳叡人譯：《想像的共同體：民族主義的起源與散布》（臺北市：時報出版，2010年）；廖炳惠：《關鍵詞200》，（臺北市：麥田出版，2003年9月）。

並企圖將臺灣人認同日本帝國：一為國語政策，積極與規定民眾講國語（日本語），然後捨棄本來臺灣人的臺灣話。此政策是從語言方面下手，說出來的語言如果是國語，在意識與認同的轉變也會有所改變。二為改姓名，將臺灣人之姓名改成日本姓名。三為改信仰，奉天皇為唯一的信仰與指標等等。上述日本人在統治臺灣時期所制定出來的規定目的就是從日常生活、語言習慣、宗教意識等轉變為日本人，當然也以教育進行皇民教化。這些例子可以看出日本帝國為了將臺灣人真真切切的成為「日本的人民」，臺灣地區之人意識到的是「我是日本人」，而將其劃入「日本的想像共同體」中，呼應了上述安德森的概念與想法。

陳培豐專著《同化的同床異夢：日治時期臺灣的語言政策、近代化與認同》[61]先界定了同化的概念，並進入日治時期臺灣受到日本的皇民化、同化政策影響談國體的重要性與「一視同仁」的概念，是否合用在日本人與臺灣人。緊接，國語教育、殖民地教育是同化政策的重要方針，並析論在推行政策時的種種問題與困境，例如：臺灣人因追求自主性與主體性，所以一方面抵抗一方面接受日本的同化政策，開始產生認同混淆，然後也談到因國體論攻擊了臺灣的白話字運動。與本文息息相關的論述是有關於認同混淆的部分，到底一視同仁是否真的能夠達成？同化後、受教育後的殖民地臺灣人，是否能夠真正走向日本民族之道等。此專著完整詳細的探論一八九五至一九四五年日本以帝國之姿統治身為殖民地的臺灣地區，如何用「同化」的方式與臺灣人互動、壓制，而臺灣人的主體意識如何一面接受同化、一面反抗日本政權，在認同處境上也產生了其特殊性。荊子馨《成為「日本

---

61 陳培豐：《同化的同床異夢：日治時期臺灣的語言政策、近代化與認同》（臺北市：
　　麥田出版，2006年10月）。

人」》[62]中提出日治時期，中國對於臺灣的存在以及不存在，更不斷從知識分子在文化與認同的過程中，形成臺灣這個特殊的殖民地認同與文化，更呼應了陳培豐的研究，也是討論到臺灣人對於同化成為日本人的過程與研究。

　　本研究更注重敘事認同的分析視角，敘事性最突出的特徵就在於：只有在與其他事件的時間與空間關係中，才能辨識任何事件的意義。[63]如果運用這樣的概念來探討灣生回憶錄，從個人、家族到群體，以及戰前至戰後灣生經驗與社會接觸所產生的認同分歧或差異，這樣更能詳細、並看出其特殊性與意義。臺灣敘事認同研究，以蕭阿勤具代表性，《回歸現實：臺灣1970年代的戰後世代與文化政治變遷》[64]本書以世代研究為核心，運用敘事認同、集體記憶的研究方法探討七〇年代的戰爭世代與認同回歸的問題，亦討論關於鄉土文學、日據時期臺灣新文學的集體記憶，指出認同研究的重要與歷史性、敘事性。另外他仍發表其他以敘事認同方法研究之論文，有探討臺灣本土化建構問題的典範與歷史敘事、[65]一九七〇年代黨外運動與歷史建構的行動主義等。[66]學位論文有以敘事認同為主要的觀察方式，蔡翠華討論《臺灣文藝》小說，並藉由敘事認同的方法，看出小說裡隱蔽

62　荊子馨著、鄭力軒譯：《成為「日本人」：殖民地臺灣與認同政治》（臺北市：麥田出版，2006年）。

63　蕭阿勤：〈臺灣文學的本土化典範：歷史敘事、策略的本質主義與國家權力〉，《文化研究》創刊號（2005年9月），頁102。

64　蕭阿勤：《回歸現實：臺灣1970年代的戰後世代與文化政治變遷》（臺北市：中央研究院院社會學研究所，2008年）。

65　蕭阿勤：〈臺灣文學的本土化典範：歷史敘事、策略的本質主義與國家權力〉，《文化研究》創刊號（2005年9月），頁97-129。

66　蕭阿勤：〈認同、敘事、與行動：臺灣1970年代黨外的歷史建構〉，《臺灣社會學》第五期（2003年5月），頁195-250。

了國族、階級與性別的策略性。[67]趙慶華則研究臺灣第一批外省女作家的自傳書寫，亦運用此觀看視域看出外省人除了依附在黨國底下敘事的另一面向，值得深究。[68]

　　綜論本文的文獻回顧與討論，灣生的前行研究仍有許多學術空白，需要繼續深入討論並補強，尤其鈴木怜子回憶錄《南風如歌》。離散、集體記憶等研究也都已出現多元的研究面向，就獨缺以「灣生」為分析對象。希冀本文的研究成果有其開創性與特殊性，更對灣生研究有其貢獻度。

第三節　研究範疇、方法與名詞解釋

一　研究範疇

　　本文研究範疇以灣生「鈴木怜子」為核心，包含回憶錄：鈴木怜子《台湾乳なる祖国——娘たちへの贈り物》（2014）、中譯本《南風如歌：一位日本阿嬤的臺灣鄉愁》（2014）、家族史料、中島道一、以及鈴木怜子其他文學創作。亦兼論其他灣生、灣生書寫作為參照與輔助，如立石鐵臣、於保誠。灣生的故事、歷史與記憶書寫深具研究價值與新視野的展望，希冀本文能在貧瘠的灣生研究中嶄露頭角，讓學界、研究界能看見灣生研究的多元面向與其價值。

　　自從鳳氣至純平之碩博士論文完成後，亦有以立石鐵臣為主的碩

67　蔡翠華：《六〇年代《臺灣文藝》小說研究（1964-1969）——以認同敘事為中心的考察》（臺北市：國立臺灣師範大學臺灣語文學系碩士論文，2010年）。

68　趙慶華：《紙上的「我（們）」——外省第一代知識女性的自傳書寫與敘事認同》（臺南市：國立成功大學臺灣文學系博士論文，2013年）。

論出現[69]，但尚未包含全面灣生文學、文化、歷史等相關議題，許多前行研究都只以單篇論文處理，但其面向、取徑與研究方法都未臻完備，所以本文企圖以灣生鈴木怜子為中心，「整體化」、「脈絡化」其生平、史料與文學活動，也討論其他灣生創作。至於本文的研究方法即從敘事學理論、敘事認同研究、文獻與文本分析及訪談分析進行討論。

二　研究方法

為從不同視角探究鈴木怜子及其家族的生命軌跡、思想形塑、記憶、敘事認同、書寫策略等，以至於在研究方法上將分為四部份。研究方法的選擇並沒有哪一種比較優秀或是比較正確，只要在本文的運用上是符合邏輯、沒有自相或互相矛盾之處，即可使用相關方法去研究。四項分別為敘事學理論、敘事認同研究、文獻與文本分析及訪談分析。以下分別進行撰述：

（一）敘事學理論

敘事學研究屬於結構主義其中一支，亦由語言學理論汲取些許特色與方法。主要關注「敘述」（narratives）如何產生意義，以及所有「說故事」（story-telling）的行為有什麼共同機制或過程，然試圖研究「故事」（story）作為一個概念和文化實踐的本質。[70]故事與情節如何分野？依照彼得・巴里的定義，事件發生時的實際次序為故事、事

---

69 吳曉恬：《殖民間隙裡的糾葛與記憶：以立石鐵臣的創作為中心》（臺中市：國立中興大學臺灣文學與跨國文化研究所碩士論文，2017年1月）。

70 Barry, peter., Beginning Theory: An Introduction to Literary and Cultural Theory. 4th Rdition. (Manchester University Press, 2017), pp. 223.

件經過編輯、排列、包裝，並且呈現為敘事，此為情節。[71]胡亞敏指出，情節為事件的形式系列或語義系列，它是故事結構中的主幹，人物、環境的支撐點，且功能及序列是情節的重要元素。[72]功能被視為人物的行動，尤其在情節發展過程中的意義來確定，依賴的是其意義存在與文本脈絡，也就如巴爾特所說，「一部敘事從來就只是由種種功能建構成的，其中的一切都表示不同程度的意義。這不是藝術問題，而是結構問題。」[73]另，序列是由功能組成的完整的敘事句子，它通常有時間和邏輯關係，又分為基本序列以及複雜序列。基本序列細分為鏈狀、嵌入以及並列。[74]多重序列使得文本作品中之情節呈現多元且特殊的風貌，然一個故事的進程與發展，除需有情節之外，人物與環境亦相當重要，由三者所建構起的，把故事視為一種結構的解構主義敘事學主張。

本文在分析《南風如歌》回憶錄時，探究書寫策略方面，即以敘事學的理論作為分析的支撐架構，討論成書的編排策略，鈴木怜子書寫的故事結構與情節的鋪排有何意義。情節的類型分為多種，[75]胡亞敏指出，不同情節的鋪排與型態呈現出多元且多面的故事結構，且情節研究為具體敘事作品的情節結構提供了解讀的方法與途徑，幫助研究者從新穎角度揭示情節結構的內在組織，指出序列之間隱含的聯繫性，使研究者更能細緻地理解作品的構成。[76]

---

71 Barry, peter., Beginning Theory: An Introduction to Literary and Cultural Theory. 4th Rdition. (Manchester University Press, 2017), pp. 223-224.

72 胡亞敏：《敘事學》（臺北市：若水堂出版，2014年），頁121。

73 巴爾特：〈敘事作品結構分析導論〉，戴張寅德編選：《敘事學研究》（北京市：中國社會科學出版社，1989年），頁11。

74 胡亞敏：《敘事學》（臺北市：若水堂出版，2014年），頁124。

75 根據胡亞敏對敘事學的研究指出，情節類型分為（1）線型與非線型（2）轉換型與範疇型。詳見胡亞敏：《敘事學》（臺北市：若水堂出版，2014年），頁130-138。

76 胡亞敏：《敘事學》（臺北市：若水堂出版，2014年），頁138。

　　人物的再現為《南風如歌》的特色，本文援引敘事學中人物理論的「行動論」來分析回憶錄中重要的人物，包括歷史人物、醫師、來臺日人教師。俄國形式主義和法國結構主義主張把人物與行動聯繫起來，反對用心理本質給人物下定義。他們認為人物的本質是「參與」或「行動」，而不是個性。所以在研究人物時，需探究情節與人物的關係，且這些人物的行動或主張為何，然結構主義者追隨形式主義的人物理論，繼續強調人物與動作的關係，強調情節與人物的互相依存性。[77]

　　羅蘭・巴特曾明確表達結構主義對人物的看法：「一方面，人物是描述的一個必要部分，離開了這部分，作者講的那些細枝末節的『行動』就無法理解，因此可以說，世界上沒有一部敘事作品是沒有『人物』的，或沒有『行動主體』的。但另一方面，這些為數眾多的『行動主體』既描述不了，也不能用具體的『人』來分類。」[78]本文預期分析的結果，能看出人物如何行動、怎樣與鈴木怜子的記憶產生關係與互動的意義，藉此呈現一種「敘事結構」的密切性，更能看出人物形象的特殊性。

（二）敘事認同研究

　　敘事認同的研究路徑，在於讓敘事的過程產生意義，且關注的是「過程」（process）與「故事」（story）如何造成「認同建構」的歷程。Abbott認為，一九八〇年代以來一些社會學者提倡將敘事作為社會學方法論的基礎，在經驗分析上重視「過程」（process）與「故事」

77　胡亞敏：《敘事學》（臺北市：若水堂出版，2014年），頁142-143。
78　巴爾特：〈敘事作品結構分析導論〉，戴張寅德編選：《敘事學研究》（北京市：中國社會科學出版社，1989年），頁82。

（story），這種想法與企圖是「革命性的」。[79]然臺灣社會學者蕭阿勤在研究上，運用「敘事認同」研究方法之成果豐碩，他指出敘事概念在分析人類生命存在的基本性質、自我與認同建構的一般動態，以及社會生活經驗的一般方式上，成為有效的分析工具，而不是只用來描述一種再現過去、鋪陳資料的方式。所以在分析生命經驗與成長環境帶給灣生對於臺灣或日本的故鄉認同建構，或是身分認同、確立自我主體性上，此方法確實有效解釋、分析出灣生的特殊性。且「情節賦予」的重要性不能抹滅，在於如何造成灣生有此認同或是意識形態的產生，即「情節」的肇因，且敘事創造意義的方式，是將經驗或事件納入特定的情節，使它成為別的經驗或事件的原因或結果，也因此成為更大的一個關係整體之一部分。「以具有清楚開頭、中間、結尾的序列次序來安排事件（events）的一種論述的形式」為敘事認同的基本概念與論述模式，致使引領本研究將朝此分析方式探究灣生鈴木怜子及在臺日人中島道一對於自我身分認同、故鄉認同為何？如何呈現？

　　敘事認同還有一處關心，就是對於「本質論」的懷疑與質疑。本質論指的是一種理解認同的觀點，認為它是做為人們自我的核心而穩定地存在著，是自我的「本質」（essence），是可以被發現的一種實在的東西（thing）。[80]這樣的本質論認同是遭受批判與打擊的，因為本質論並沒有考量不同社會身分所帶來的差異與不同，相對敘事認同的觀點在理解認同、行動與能動性上，基本出發點可以說是反本質主義（anti-essentialism），建構敘事與說故事的能力將個人自我的過去、現在、未來連結在一起，並且將自我放置在更大的社會與歷史脈絡當

---

79 Abbott, Andrew, From Causes to Events: Notes on Narrative Positivism. *Sociological Methods & Research* 20.4 (1992):428.

80 蕭阿勤：《回歸現實：臺灣1970年代的戰後世代與文化政治變遷》（臺北市：中央研究院社會學研究所，2008年），頁36-41。

中，隱約就可發現在自我追尋與行動的方向。敘事認同在時間敘事的
演進藉以形塑認同觀念與對本質論的質疑，是在嘗試「建構」，亦在試
圖「解構」的一種迴圈關係。然此理論在詮釋框架上，從個人敘事、
乃至公共敘事、最後為國家敘事的漸進，都在指出一種個人至社會的
模式。蕭阿勤指出，如何藉以這種有時間性的歷史敘事，將自我與社
會、國家、民族聯繫起來，建構個人存在的意義、世代的認同，以及
政治社會與文化改革行動的方向。[81]因此綜論上述理論觀點，灣生群
體眾多，如以「本質論」的觀點討論，就會忽略每位灣生在不同殖民
地經驗、引揚回日本的生活狀況等，而應分析他們所經歷的過程與事
件對個體的影響，如何成為「灣生」為關鍵性的討論，而不是他就是
灣生、或不是灣生。藉由個人敘事到回憶錄出版之公共敘事，建構灣
生的認同形構與對於故鄉、國族的認同與意識表述，進而分析臺灣與
日本國家敘事在灣生身分的詮釋框架，「敘事認同」理論為較佳的研
究方法。本文將整體討論鈴木怜子《南風如歌》的臺灣書寫，藉由此
方法分節探討成長敘事、戰後書寫與反思以及國族認同的敘事歷程。

（三）文獻與文本分析

　　如於研究的素材上只有回憶錄《南風如歌》為分析資料，甚是單
薄且欠缺多方思考，以至本文企圖找尋更多灣生史料、鈴木怜子家族
及其父親中島道一的相關資料，運用許多日治時期至戰後的資料庫與
報章雜誌，例如：《臺灣日日新報》、《漢文臺灣日日新報》、《臺灣民
報》、《日治時期期刊影像系統》、《聯合知識網》、《臺灣新聞智慧網》
等，進行文獻的蒐集與整理，並將與本文直接相關之史料截取並做文

---

81 蕭阿勤：《回歸現實：臺灣1970年代的戰後世代與文化政治變遷》（臺北市：中央研
　　究院社會學研究所，2008年），頁49。

獻的分析，看出日治時期中島道一的言論發表與政治活動、鈴木怜子的新聞報導，以及灣生紀錄片的相關新聞說明與灣生的動向與報導趨勢。

目前日本有一整套關於「引揚者」的史料彙編，總共有九卷，題為《台湾引揚者關係資料集》，由河原功所解題、編纂，其中史料包括〈全國引揚者新聞〉、〈日台通信〉、〈台湾同盟會報〉、〈台湾協會報〉、〈台湾引揚史〉等，整套資料皆以「在臺日人」、「灣生」為中心。如探討灣生議題，除臺灣的研究資料需隨時更新外，日本的研究資料、史料更是不能缺少。極為重要的是，採用大量臺灣、日本文獻以及報刊引述，確切紀錄、論述所找尋的灣生資料、史實，更有其歷史定位與正確性。

立基於文學研究的緣故，文本分析絕對不可少，文本的掌握以及閱讀是重要的基礎功夫。本文將以敘事學與敘事認同的理論框架分析鈴木怜子回憶錄《南風如歌：一位日本阿嬤的臺灣鄉愁》，從字句、章節細讀文本，逐一檢視灣生回憶錄的特殊性與記憶的糾葛，乃至身分認同、國族建構的過程與分析，梳理《南風如歌》的書寫問題。

（四）訪談分析

本研究本來試圖邀請鈴木怜子女士進行訪談，但因鈴木怜子女士近年身體微恙，不方便外出與接受採訪，所以即邀約譯者邱慎女士進行訪談。邱慎女士與鈴木怜子為好友，經過此訪談必定會增加本研究的價值與意義；研究者與譯者對談時，必定會更直接取得一手資料以及觀念，亦對本文的論述幫助甚大。本文提出訪問之相關問題，羅列如下：

訪綱[82]

一、邱慎老師您與鈴木怜子是如何熟識的？

二、這本書的書名是如何而來的？

三、為什麼日文的書名在翻譯後會變成《南風如歌》這樣的書名？

四、為什麼會想要翻譯這本書？

五、翻譯此書的過程中有沒有遇到什麼困難？

六、鈴木怜子的個性、以及在日本的活動狀況，成就如何？

　　訪問譯者邱慎時，本文著重在其與鈴木怜子的相遇與熟識過程、文本翻譯的始末、翻譯時的困難與種種問題、以及對於灣生研究的期許等。希冀於訪談後之資料會對文論述幫助甚大。

三　名詞解釋

（一）在臺日人

　　一八九五年，內地人（日本人）來到臺灣工作、生活、定居之後，即稱為在臺日人。在臺日人與灣生，皆有其定義與指涉，更有其差異性。顏杏如提及，若以「日本本土向外地移動的人群」重新檢視殖民時期居住在臺灣的日本人，那麼他們就不僅是一直以來所謂的「統治者」，而會呈現出更複雜的面貌。也就是說，日本內地人與在臺日人，本身就已有差異性，因為臺灣與日本的環境不同導致其在文化接觸、社會經驗上有所迥異，形塑出獨有的「在臺日人」。在臺日人的書寫，經常可以見到「文明」、「權力」、「現代性」的誇示，但另一方面，身為「殖民者」，同時亦為由日本本土向外移動、自身捲入

---

82 訪問記錄全文詳見附錄二：〈如何歌頌南風：與邱慎談鈴木怜子〉（臺北市：萬卷樓圖書公司，2020年2月），頁185-192。

「中央——邊陲」價值機制的「移動者」、「離鄉者」來說，風景的描述也往往隱含了自己「活在文明的中心，而非邊陲」的宣示。在此，本文需清楚說明何謂「在臺日人」？

在臺日人即為因日本的殖民地政策或其他，自願以及非自願來到臺灣工作、生活的日本內地之人，即所謂在臺日人，然而，其在臺灣的工作、生活長短不一，所以在地化、臺灣化的程度也不盡相同，但其與內地人相比，確實因環境與經驗的不同，呈現「在臺」的「日本人」特色。顏杏如曾研究關於日治時期在臺日人的櫻花意象，討論在臺日人在殖民地臺灣發現了關於「內地」的風景，以及移植的日本內地文化、櫻花論述等，更從中可以發現，日本雖大力推動殖民地臺灣與日本內地的相似性，但依然會有所差異。[83]日本政府規劃整齊有致的移民村，欲將日式農村移民到臺灣，並做為臺灣農村的示範。但是這樣硬生生的空間轉移，卻多少有突兀的現象。日本帝國相當注重居住環境的美化，雖然住屋是瓦片或厚厚茅草為頂的木造房，但周遭清雅宜人。而位於河川浮覆地的臺灣西部移民村，建設在砂原之上，一棟棟住宅如火柴盒，四周景觀單調，許多移民看到自己未來就要住在這種不毛之地，難掩失望之情。[84]可見日本帝國企圖將日式景觀移到殖民地臺灣，但在初期在臺日人的不適應心情與處境仍存在，爾後才對臺灣積極的農業建設、社會建造後才步步改善。〈與帝國的腳步俱進——高橋鏡子的跨界、外地經驗與國家意識〉[85]一文嘗試以個案的方式，追探一位中間層女性高橋鏡子（1884-?）的移動背景、軌跡、

---

83 顏杏如：〈日治時期在臺日人的植櫻與櫻花意象：「內地」風景的發現、移植與櫻花論述〉，《臺灣史研究》第14卷第3期（2007年9月），頁97-138。

84 張素玢：《未竟的殖民：日本在臺移民村》（臺北市：衛城出版，2017年），頁307。

85 顏杏如：〈與帝國的腳步俱進——高橋鏡子的跨界、外地經驗與國家意識〉，《臺大歷史學報》第52期（2013年），頁251-302。

經驗，以及隨著移動帶來的「跨界」與國家觀、教育觀之轉變，藉此思考女性在日本帝國擴張過程中扮演的角色，也凸顯內地女性經過跨文化的臺灣經驗後的特色與重要性。上述可見多元臺灣經驗下的在臺日人與樣態。

（二）灣生

　　「灣生」是什麼？如何定義？前述在討論研究動機時有提到：「灣生」，是指西元一八九五年到一九四六年出生於臺灣的日本人，隨著二戰結束後，他們引揚回日本，原生成長的臺灣，化身為心中永遠的懸念與鄉愁。[86]然而，根據鳳氣至純平的研究說到，「灣生」這單字本身包含「憐憫與輕蔑的意思」，甚至有人不肯承認自己是臺灣出生的。[87]林慧君的研究也指出，「灣生」是日治時期日本人用來指稱在臺灣出生的第二代、第三代日本人，詞彙有憐憫和輕蔑的意味。[88]這個部份的認知與觀念要配合引揚回日本祖國時內地人對於從殖民地臺灣回國的日本人之態度、指點、批評，才因此這些灣生或在臺日人有這樣的感受與想法。周金波也曾提及：「與其說寫『灣生』，不如說寫『灣製』較有『在臺灣被製造』的語感，對此說法感到無限的親密感甚至有親人的感覺，且把它視為『內臺融和』的關鍵。」[89]雖然周金

86　吳佩珍等撰文：《相遇時互放的光亮：臺日交流文學特展圖錄》（臺南市：國立臺灣文學館，2016年），頁118-119。

87　鳳氣至純平：《中山侑研究──分析他的「灣生」身分及其文化活動》（臺南市：國立成功大學臺灣文學系碩士論文，2006年），頁5。

88　林慧君：〈日據時期在臺日人小說中灣生的認同歷程〉，《國文天地》第29期（2009年8月），頁56。

89　周金波：〈灣生と灣製〉，《民俗臺灣》第2卷第3號（1941年6月），頁29-30。翻譯引用為鳳氣至純平：《中山侑研究──分析他的「灣生」身分及其文化活動》（臺南市：國立成功大學臺灣文學系碩士論文，2006年2月），頁29。

波這樣稱呼會有「內臺融和」的感覺，似乎是正面的言論，但是欠缺考量到日本內地人如何看待殖民地臺灣的視角與觀感。

日本語言的「灣生」，念為「わんせい」，與周金波所講「灣製」的讀音相同，從此更可以了解，灣生一詞是直接由日本語翻譯過來。陳芳明曾表示，灣生的身分，在臺灣歷史上是一種跨界的認同。他們是日本移民來臺的第二代，不僅承載著父母的日本記憶，因為在臺灣出生，也夾帶著臺灣本地的記憶。對於帝國的日本而言，灣生不是日本人。對於殖民地臺灣而言，灣生也不是臺灣人。被夾在兩個文化之間的縫隙裡，灣生的認同似乎有些尷尬。[90]根據上述綜論之，定義灣生這件事情無需與其父、其母還是雙親的日本人身份有所牽涉，而需要分別的是：是否有被引揚回祖國日本。《流轉家族──泰雅公主媽媽、日本警察爸爸和我的故事》[91]一口述歷史中為一非典型臺灣／日本家庭回憶錄，是一本於時代洪流中尋找認同的真實傳奇。口述者下山一為一位在臺日人第二代，是日本人與泰雅原住民的族群交混、政治性聯姻下的產物，但在第二次世界大戰結束後，下山一並沒有接受引揚回日本，而是跟著泰雅族媽媽留在臺灣的泰雅族部落生活、成長。

下山一的個案並不算是灣生，因為灣生族群有一個很重要的集體記憶就是一九四六至一九四八年的「引揚」。論述至此，統整灣生的定義為何：灣生為一八九五年至一九四六年出生於殖民地臺灣的日本人第二代、第三代（無論父親、母親、還是雙親，只要有其中一方為日本人，即算日本人），且於一九四六至一九四八年日本二次大戰戰敗後，隨其引揚回祖國日本、離開臺灣，有此集體記憶者，即算灣生。

---

90 陳芳明：〈蘋中信：讓灣生真正回家〉，《蘋果日報專欄》（2017年1月5日），網址：（http://www.appledaily.com.tw/appledaily/article/headline/20170105/37509882/）。查閱日期：2017年5月22日。

91 下山一自述、下山操子譯寫：《流轉家族──泰雅公主媽媽、日本警察爸爸和我的故事》（臺北市：遠流出版，2011年7月）。

第四節　全書架構與研究進程

　　本書總共分為五章來詳細論述與研究，圖1-1以樹狀圖模式呈現
全書章節架構，且於本節解說本文每一章節之內容發想、闡釋過程與
研究成果。灣生文學研究重視的是對於自身記憶與臺灣、日本帝國間
的微妙糾葛關係，牽涉到身分與國族認同的問題，期能從章節的進程
呈顯鈴木怜子的特殊性與研究意義。

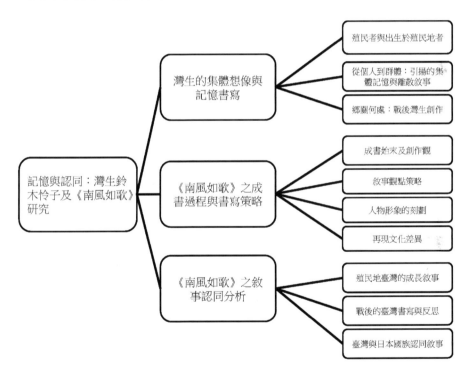

圖 1-1　章節架構圖

　　第一章第一節說明本文的研究動機與問題意識提出；第二節回顧
與本文相關之前行研究，且從中找出研究的新視域與突破方向；第三
節說明本文適用的研究方法、確立研究範疇，且說明重要名詞解釋，

包括在臺日人以及灣生；最後於第四節解釋本文的章節架構。此研究聚焦於「灣生」與「鈴木怜子」，且藉由前行研究的爬梳與回顧重整灣生回憶錄，希冀能從史料的詮釋、中島道一以及灣生回憶錄解析鈴木怜子的生命軌跡、歷史經驗、情感游移與回憶錄的書寫策略，再進一步系統化整理與討論中，試圖處理且看出灣生書寫在臺灣文學史上的歷史定位與回憶錄的文本價值。

　　第二章探討灣生的集體想像與記憶，從經驗與書寫為探討中心。第一節析論在臺日人中島道一的在臺事蹟、文化活動、創作作品等，進而看出鈴木怜子的家族與成長背景，緊接討論灣生鈴木怜子在臺相關活動與引揚前後成長體驗。第二節從集體記憶與離散敘事的分析角度出發，探究灣生引揚集體記憶的多元面向與歷史爬梳，並兼談立石鐵臣、於保誠，凸顯鈴木怜子的特殊性；離散，是被迫移動，更有其敘事性，以至本文希從本節看出灣生離散前後的狀況與歷史敘事。第三節則把重心放在戰後灣生的經驗與創作，主要以鈴木怜子為主、立石鐵臣、於保誠、紀錄片《灣生回家》也一併討論，說明這些創作作品中對於灣生、臺日情節與故鄉意識的呈現與轉變。

　　第三章進入鈴木怜子所書寫之回憶錄《南風如歌：一位日本阿嬤的臺灣鄉愁》，第一節討論此書的成書始末、翻譯考察的經過，以及鈴木怜子人生觀如何影響創作意識的建構與書寫問題；第二節從書籍文章的編排與作者寫作回憶錄的敘事位置為主，探究鈴木怜子的創作意識與策略；第三節以「人物」為中心，藉敘事學人物理論方法分析鈴木鈴子在描寫人物的表現手法、展現面向的多元性；第四節以「文化差異」為分析視角，看出鈴木鈴子如何進行臺日的文化差異與評判，進一步探究她的主觀想法與觀察成果。

　　第四章以「敘事認同」為研究與觀察方法，討論在臺日人與灣生在經由敘事認同的分析後，呈現怎樣的敘事建構與故鄉認同，且以中

島道一與鈴木怜子為分析對象。第一節就殖民地臺灣的成長敘事為主軸，分析鈴木怜子戰前臺灣之成長與記憶，從其校園生活、日臺分居、語言政策以及臺灣奶媽等幼時記憶看出灣生的成長記憶及其臺灣書寫呈現的敘事性表現；第二節以戰後的臺灣書寫與鈴木鈴子、中島道一的反思為核心，分析至今成為「異國」的臺灣對自己的意義，更呈現其故鄉思情的展現與無意識；第三節承接一、二節，討論在臺日人中島道一與灣生鈴木怜子的身分與國族認同的敘事建構，看出二者對故鄉臺灣，或是故鄉日本的敘事模式為何？認同建構的差異性與表現性又怎樣？

　　第五章即為結論。本研究不單只是一本「作家論」，而是一本能夠呈現「灣生」生命軌跡、歷史意義以及文學作品中的記憶與認同之一隅，更是一部中島道一、鈴木怜子（甚至是灣生）的「精神史」論述與生產。有鑑於灣生研究前行研究在臺灣實在不多，更讓筆者有動力、致力於灣生研究。至此本書運用五章詳細論述、研究灣生及其回憶錄，期望本研究可以豐富臺灣文學中對於「灣生」的論述。

第二章

灣生的集體想像與記憶書寫

　　本章首要藉由史料爬梳與詮釋，討論中島道一及其家族在戰前的活動與生命經驗，進而分析中島道一創作以及在殖民地臺灣的重要性，藉此說明灣生鈴木怜子的生長背景與家族社會資本問題。第二節討論「集體記憶」與「引揚」對於在臺日人、灣生的影響，以及此一群體之離散敘事。此除影響灣生鈴木怜子在戰後生活習慣與認同問題外，亦影響日後鈴木怜子跨國生活與人生觀的感悟與理解。第三節希冀爬梳戰後灣生創作作品，除鈴木怜子文學創作與成就外，立石鐵臣、於保誠皆是討論範疇，然本章也不避諱指出紀錄片《灣生回家》所帶來的媒體效應與拍攝問題。

第一節　殖民者與出生於殖民地者

　　隨日本帝國對其他國家的侵略與權力擴張，日本人因應殖民政策開始有大量之移動與移民，臺灣亦不例外。一八九五年臺灣因馬關條約被中國割讓予日本帝國後，日本人陸續來臺並進行開發，日本殖民政府於統治臺灣初期，其實並不重視在臺日人之開發政策，直至十多年後才開始有具體作為與行動。張素玢《未竟的殖民：日本在臺移民村》指出，日本統治對殖民地有幾項有利的作用：（一）做為帝國主義國家統治殖民地的表徵。（二）根著於土地的農民，能形成勞動階級的一部分，並扶植日本人的民族勢力。（三）對殖民地人民起同化作用，日本統治臺灣的方式，欲將殖民地人民的生活、習慣、語言徹

底同化於母國，手段之一就是獎勵日本人移居臺灣。（四）為日本民族向熱帶地區發展預做準備。[1]根據上述四點，日本移民政策不僅為領土宣示，更對臺灣統治、同化、勞動供給、日本南進上有具體的意義與目標。

中島道一出生於一八九二年（明治25年）日本東京麴町，為灣生鈴木怜子父親，其祖父中島惟一長期服侍熊本藩各代藩主，爾後官拜海軍少校兼海軍裁判長，致力於民治維新。獲得肥後獎學會的援助後，就讀米澤高等工業學校（今山形大學工業學系）攻讀紡織且畢業，並前往任職於日本九州的「大分紡績株式會社」，一九一二年（大正11年）外派至上海，當時他已結婚，並協助國策任務而創辦「日華紡績株式會社」。爾後因國共內戰，看見蔣介石在上海引起的動亂（1927年的清黨），「日華紡績」就在一九三一年將工廠遷移至臺灣，中島道一亦來到殖民地臺灣。同年中島道一三十九歲，鈴木怜子的三位姊姊皆出生。在此需先釐清一個概念，鈴木怜子家族成員中，唯有鈴木怜子一人符合本文於第一章所定義之「灣生」，因為鈴木怜子三位姊姊隨父親來到臺灣時皆已出生，所以與「出生在臺灣的第二代日本人」不同。一九三五年，沿用「日華紡績」臺灣工廠之名，成立臺灣纖維工業株式會社，並由中島道一擔任社長一職，當年他已四十三歲，鈴木怜子也在同年出生。

因日本殖民政策關係而有某時段、某區域人口的「流入」與「流出」之狀況，屬於該時期的「人口社會增加」。卞鳳奎彙整指出，臺灣總人口自一九〇六到一九四三年間，已由三百一十五萬多人增至六百五十八萬多人，三十七年間增加了三百四十二萬人。相較於臺灣人，在同一時期僅增加三百三十三萬人。但在臺日本人口數由一九〇六年

1　張素玢：《未竟的殖民：日本在臺移民村》（臺北市：衛城出版，2017年），頁43-44。

的七萬一千〇四十人至一九四三年的三十九萬七千〇九十,增多五點六倍。[2]從上述研究得知,殖民地臺灣時期,日本人積極鼓勵國內日人移居殖民地臺灣,數量亦大幅增加,對臺灣人口數的影響也甚大。

　　為凸顯中島道一來臺灣且在人口分布上出現變化,引用日治時期《臺灣民報》資料作為佐證,報紙截取一九二九年四月與一九三三年六月的人口調查統計,顯示在圖2-1與2-2。

━━本島現在━━
人　口

　昭和三年末に於ける本島人口は、四百四十四萬一千百八人、戸數八十萬三千百戸で、前年に比し人口に於て十萬八千九百二十六人、戸數に於て一萬一千三百三十九戸を增加して居る。

　種族別にすれば内地人二十萬六千五人、本島人四百萬二千五百二十九人、熟蕃五萬三千二百三人、生蕃人十三萬九千七百三人、朝鮮人四百二十四人、支那人三萬九千四十人、其他の外國人二百四人と云ふ事になり、前年に比し、内地人は一萬十九人、本島人九萬五千五百二十三人、熟蕃六百五人、朝鮮人九十六人、支那人二千七百五十人、外國人二十人を增加し、生蕃人は八十八人の減少を示して居る。

　州別にすれば臺南州の百十一萬四千百三十三人を最多とし臺中州の九十七萬一千五百二十九人、臺北州八十九萬三千三十人、新竹州六十六萬三千九百三十二人、高雄州六十萬二千十七人、花蓮港廳七萬七千八百二十二人、澎澎廳六萬一千八百十五人、臺東廳五萬六千八百三十人である。

圖2-1　一九二九年四月《臺灣時報》人口調查

2　卞鳳奎:《日治時期日人在臺灣移民之研究》(新北市:博揚文化,2016年),頁42。

時　報──168

算は六、五五二圓

一期米作付面積

殖産局發表、八年一期米作付總面積は
二九、六三八八甲六、此最近五箇年平均増一%三

蓬萊米	一五二、五二二甲四	比前年同期十二%六〇七
在來米	一九四、五九三甲二	同　十二%一二
丸糯	六、四三六甲六〇〇	同　一二%五八
長糯	二三、八三九甲五三〇	同　一〇%七六
陸稻粳	二、八四二甲五八九	同　一一%三七
陸稻糯	五五〇甲一六	同　一二%二八

麥酒專賣

昨九月より愈々具體化し、六四議會に創
業案八四、二三五圓の豫算が通過し、專
賣令改正（第二十九條削除）は五月一日公布され、七月一日
より實施さるゝことになった。
本島の消費は三月號既報の如く、年約十七萬箱（六勸四
打入）で、專賣は當分の内販賣のみで、他の酒類と同一販
賣系統による。

臺灣現在人口

現在臺灣現住人口調の概要を示せば（臺
灣經濟グラフの項參照）
臺府調査課發表による七年十二月末日

總戶數		八六一、三四二
總人口		四、五二九、六三三
本島人	（内）男	二四四、九六九
	（内）女	二三五、六五九
内地人		二四七、五八〇
内生蕃		一四五、八〇二
内熟蕃		五六、〇二一
民國人		四二、〇一〇
臺北州		九八四、一〇三
新竹州		七六九、四七五
臺中州		一〇九、六〇二
臺南州		六七三、二六九人
高雄州		六六七、二三六九
台東廳		九五、三〇一二
花蓮港廳		一二三、四四六
澎湖廳		六五、〇一二
前年同期	（本島人）	四、四三六、二三三
	（内地人）	二三四、二八七二
	（總數）	四、七二五、七七

圖 2-2　一九三三年六月《臺灣時報》人口調查

　　何以選取這兩個時間的報紙調查，是因上述提及中島道一一家人
於一九三一年從上海來到臺灣，以至前後兩年的人口狀況亦可顯示出
日本人來到臺灣的移民概況呈現。此統計以表2-1呈現。

表 2-1　一九二九年四月與一九三三年六月《臺灣時報》人口調查比較

	一九二九年四月《臺灣時報》人口調查	一九三三年六月《臺灣時報》人口調查
內地人（日本人）	二十萬六千五百人（206500）	二十四萬七千五百八十人（247580）
本島人（臺灣人）	四百萬兩千五百二十九人（4002529）	四百六十四萬一千六百八十六人（4641686）
熟番人（平埔族）	五萬三千兩百三人（53203）	五萬六千二十一人（56021）

	一九二九年四月 《臺灣時報》人口調查	一九三三年六月 《臺灣時報》人口調查
生番人 （高山族）	十三萬九千七百三人 （139703）	十四萬四千八百一十六人 （144816）

　　表2-1呈現內地人口成長四萬一千〇八十人，人口成長率約百分之十九點八、本島人成長六十三萬九千一百五十七人，人口成長率約百分之十五點九、熟番成長兩千八百一十八人，人口成長率約百分之五點八、生番成長人五千一百一十三人，人口成長率約百分之三點六。從此數據可得知，內地人（日本人）在此三年的人口成長率為最高，無論生育、移民、遷入哪一因素導致此結果，皆可解釋日本人於實施內地延長政策時移民政策與人口遷移脫離不了關係，更導致臺灣地區的人口成長率以內地人最高。

　　中島道一在日治臺灣時期，擔任許多要職，從《臺灣日日新報》的查詢可以清楚看到。一九三一年（昭和6年）開始，中島道一的職位就有些許變動：

表 2-2　《臺灣日日新報》所載中島道一的任職資料

《臺灣日日新報》發報日期	中島道一及其任職
1931年11月24日（昭和6年）	中島道一氏（日華紡織臺北工場長）
1934年5月25日（昭和9年）	中島道一氏（日華紡織臺北工場長）
1935年7月7日（昭和10年）	中島道一氏（日華紡織臺北工場長）
1935年7月28日（昭和10年）	中島道一氏（日華紡織臺北工場長）
1936年8月16日（昭和11年）	中島道一氏（臺灣苧麻紡織專務）
1936年10月22日（昭和11年）	中島道一氏（臺灣苧麻常務）
1937年4月20日（昭和12年）	中島道一氏（臺灣紡織常務）
1937年6月6日（昭和12年）	中島道一氏（臺灣苧麻紡織專務）

《臺灣日日新報》發報日期	中島道一及其任職
1937年10月9日（昭和12年）	中島道一氏（臺灣苧麻編織常務）
1937年11月21日（昭和12年）	中島道一氏（臺灣羊廠紡織專務）
1938年9月27日（昭和13年）	中島道一氏（臺灣苧麻紡織常務取締役）
1939年5月31日（昭和14年）	中島道一氏（臺灣纖維工業常務）
1939年7月29日（昭和14年）	中島道一氏（臺灣纖維工業常務）
1939年11月8日（昭和14年）	中島道一氏（臺灣纖維工業常務）
1939年12月3日（昭和14年）	中島道一氏（臺灣纖維工業常務）
1940年3月15日（昭和15年）	中島道一氏（臺灣纖維工業專務）
1940年4月19日（昭和15年）	中島道一氏（臺灣纖維工業專務）
1940年7月24日（昭和15年）	中島道一氏（臺灣瀨【勘誤：纖】維工業專務）
1940年11月27日（昭和15年）	中島道一氏（臺灣纖維工業專務）
1940年12月12日（昭和15年）	中島道一氏（臺灣纖維工業專務）
1941年5月17日（昭和16年）	中島道一氏（臺灣纖維工業專務）
1941年5月25日（昭和16年）	中島道一氏（臺灣纖維工業專務）
1941年6月28日（昭和16年）	中島道一氏（臺灣纖維工業專務）
1941年9月03日（昭和16年）	中島道一氏（臺灣纖維工業專務）
1942年6月25日（昭和17年）	中島道一氏（臺灣■■【勘誤：纖維】工業專務）

　　表2-2整理中島道一於殖民地臺灣的任職工作事項，從一九三一（昭和6年）年至一九三五（昭和10年）年任職日華紡織臺北工場長開始、臺灣苧麻紡織專務、臺灣苧麻常務、臺灣紡織常務、臺灣苧麻編織常務、臺灣羊廠紡織專務、臺灣苧麻紡織常務取締役、臺灣纖維工業常務、臺灣纖維工業專務等職位。仍有許多報導以及社論中有談及中島道一，此能從中看出中島道一在臺灣或其他地區時的文化活動與

社會經驗。中國上海《申報》曾報導〈日華紗廠罷工仍未解決　開除為首工人九名〉，說道：

> 曹家渡日華紗廠第三、四兩工場工人罷工迄今三日仍未解決，工廠方面態度強硬，昨日實行將為首滋事之男女工人關紅英、許金善、馬文岳、李達善、陳德昇、朱雲橋、王阿二、楊松林、美衍雲等九人懸牌開除，又恐工人發生反動，由戈登路捕房派出探捕在第三第四工場門首彈壓，第六區警署亦派有武裝警察五十餘人在華界接近處嚴重警戒據，該廠場長中島道一氏云現時第四工場有男工三百五十人女工八百三十人第三工場男工四百二十人女工一千一百二十人惟多數工頭仍願工作，昨日照舊發給工資，如工人方面不自省悟自動恢復原狀照常工作則工廠方面決定停工以█毫不退讓，云預料此次工潮一時恐難收束。[3]

從上報導可以得知中島道一於一九二六年於上海工作的些許片段報導與狀況，前文已提及中島道一於一九一二年被調往上海工作，其實從引文敘述中可以隱約看到，中島道一身為廠長，對於處理工作與罷工事件態度相當強硬。於職位、職權上是正當亦是正確處事態度，但從國族角度來看，上述九位罷工之人皆為中國大陸人，而中島道一為日本人，其中是否隱含「統治─被統治」之間的關係？「強國─弱國」之互動模式？更呈現出日商當時於中國大陸之地位甚高，也與中國大陸人屬不同位階。

　　〈臺灣苧麻紡織創立　社長赤司氏、常務は中島氏〉[4]一文於一

3　本報訊：〈日華紗廠罷工仍未解決　開除為首工人九名〉，《申報》第13版，1926年3月1日。

4　〈臺灣苧麻紡織創立　社長赤司氏、常務は中島氏〉，《臺灣日日新報》1935年10月26日。

九三五年十月二十六日發表於《臺灣日日新報》，得知中島道一的職
務動態；而於一九三八年，臺北商工會議員進行選舉儀式，選舉情況
相當激烈，於日日新報亦大肆報導，最終中島道一代表臺灣苧麻紡織
株式會社，當選臺北商工會一級議員，為極高的殊榮。[5]也因此中島
道一在臺灣的社經地位是屬中上階層，其家族的生活亦相對優渥、穩
定，鈴木怜子就是於此家庭環境中長大、成熟。同年六月二十一日，
報上刊登當選臺北商工會議員的當選人與票數，如圖2-3所呈現：

圖 2-3　臺北商工會一級議員開票結果
（《臺灣日日新報》1938 年 6 月 21 日）

第五名即為中島道一，得票為十八點，為當選人之一。除臺北商工會
一級議員之外，中島道一在一九四一年時亦當選臺灣工業協會役員
（常務理事）。[6]還有關於他的演講資訊與報導，如一九四二年一月十
九日〈山の研究會〉[7]一文即說明中島道一於本月（一月）十七日來
到臺日講堂演講「內地の冬山」一題，許多人都來聽講與捧場。

　　除討論中島道一的工作與社會背景之外，他亦有發表許多創作作
品與演講稿於報刊雜誌上，因為中島道一任職於日華紡織、纖維廠

5　〈島都の商議選舉　早くも激戰　十六日迄に廿二名立候補〉，《臺灣日日新報》
　　1938年6月17日。〈立候補者一覽〉，《臺灣日日新報》1938年6月19日。

6　〈臺灣工業協會　役員を改選〉，《臺灣日日新報》1941年1月25日。

7　〈山の研究會〉，《臺灣日日新報》1942年1月19日。

等，以至他亦發表關於纖維、布料技術的研究發現與成果報告書。創作與發表如表2-3。

表 2-3　中島道一創作刊登篇目一欄表

篇名	報刊名稱	刊登日期	文體
〈最近の支那事情〉	《臺灣日日新報》	1928年9月20日（昭和3年）	社論
〈石上三年選　佳作〉	《臺灣日日新報》	1930年1月1日（昭和5年）	和歌
〈或日の私と私の銷夏法／壯快明美な魅惑〉	《臺灣日日新報》	1931年7月31日（昭和6年）	散文
〈對日經濟ボイコツト舊節季までに片づかう〉	《臺灣日日新報》	1931年12月30日（昭和6年）	社論
〈宣傳と各國通信社の活躍〉	《臺北ロータリー月報》	1938年6月24日（昭和13年）	演說
〈科學講座　纖維饑饉と麻〉	《臺灣技術協會誌》	1938年10月28日（昭和13年）	報告
〈臺灣の苧麻に就て〉	《臺灣技術協會誌》	1939年4月28日（昭和14年）	報告
〈『科學』總動員〉	《臺灣日日新報》	1942年12月8日（昭和17年）	社論

從表2-3羅列可得知刊物發表篇目從一九二八年至一九四二年，除於臺灣撰寫文章之外，其實早在他於上海工作時，就已於《臺灣日日新報》發表關於支那（中國大陸）的觀察報告與論述，以及和歌創作；然一九三一來到臺灣後亦陸陸續續有散文創作、以及許多生技報告、科學社論、演講稿刊登，在此值得注意為其發表的刊物種類，具有特

殊性。由於中島道一工作職位與身分的關係，在《臺北ロータリー月報》、《臺灣技術協會誌》會找到相關發表的文章，且皆具有專業性與獨特性，例如〈臺灣の苧麻に就て〉一文著重討論臺灣苧麻培養、採收等種植技術之成果報告，以及利弊缺失等，所以本文刊載於《臺灣技術協會誌》相當適合。

二次世界大戰後，中島道一為將苧麻的種植技術以及公司經營方式，轉交給第二次世界大戰以戰勝國之姿進駐臺灣的蔣介石國民政府，並以軍隊顧問的名義，全家人暫留臺北，也因此鈴木怜子一家人比其他在臺日本人整整晚三年才回日本內地。[8]一九四九年十月，共產黨宣布於北京成立中央政府，蔣介石也於同年年底抵達臺灣。《南風如歌》中提及鈴木怜子全家人於前一年離開臺灣，也就是說他們於一九四八年離開臺灣。中島道一從三十九歲到五十五歲的人生時光，皆於臺灣發展他的紡織事業，引揚日本後，事業等於歸零。[9]回到日本「祖國」後，食物不用說，許多物資皆缺乏，全家亦無一個能夠安頓之地，透過住在戶畑伯父幫忙，終於於東京江東區找到個房間落腳。張素玢指出，許多移民日人回國後，身無立錐之地，一切從頭做起，有如剛來臺灣的景象。不同的是，回到日本母國的移民，再也沒有殖民地相關的保護政策與待遇，以至落得三餐難度，流離顛沛，一直到日本重建秩序國力逐漸恢復後，才獲得安定的生活。[10]圖2-4、2-5、2-6呈現為中島道一的身體移動。

8　鈴木怜子著、邱慎譯：《南風如歌：一位日本阿嬤的臺灣鄉愁》（臺北市：蔚藍文化，2014年），頁31。

9　楊鎮宇：〈鈴木怜子童年憶難忘：灣生思鄉情懷〉，《熟年誌》（2015年12月），頁59。

10　張素玢：《未竟的殖民：日本在臺移民村》（臺北市：衛城出版，2017年），頁436。

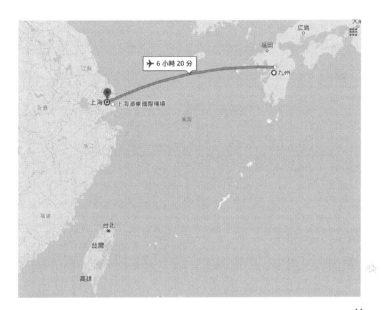

圖 2-4　中島道一一九一二年從日本九州外派至上海[11]

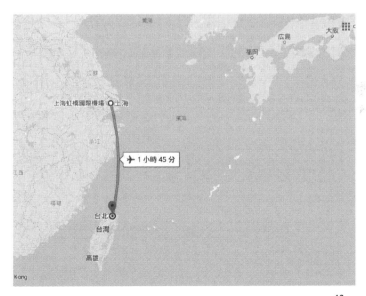

圖 2-5　中島道一一九三一年從上海至臺灣臺北[12]

11　截圖時間：2016年6月8日14點20分。資料來源：Google Map。

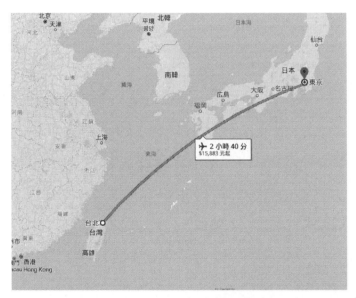

圖2-6　中島道一全家一九四八年從臺灣臺北至日本東京[13]

　　從圖2-4、2-5、2-6彙整以上論述，上述已分析在臺日人中島道一身分背景、在臺經歷與作品發表，灣生鈴木怜子（中島道一的小女兒）是深受其父親影響，還有從其父親在臺灣之社經地位，更可看出鈴木怜子在臺成長之豐厚資本，生活相當安穩、喜樂。

　　鈴木怜子，一九三五年生於臺灣臺北市，一九四八年隨父母返回祖國日本，是典型「灣生」，相較於中島道一，一個土生土長、純正的日本人，與出生在臺灣的日本人第二代灣生一定有其差異與特殊性。一九三五年，日本沿用「日華紡績」臺灣工廠之名，成立臺灣纖維工業株式會社，並由鈴木怜子父親中島道一擔任社長一職，當年他四十五歲，鈴木怜子同年在臺灣臺北出生。鈴木怜子十二歲那年，因日本第二次世界大戰戰敗，國民政府來臺接收殖民地臺灣，她與父母

12　截圖時間：2016年6月8日14點25分。資料來源：Google Map。

13　截圖時間：2016年6月8日14點28分。資料來源：Google Map。

返回日本本島，在回國的前一年（1947），正式獲告將結束引揚，從此得知鈴木怜子與於臺灣成長、生活的時間為十二年，並就讀幸國民學校（今臺北市大安區幸安國民小學）。根據顏杏如研究，一九二〇年代以後，憂慮二世孩童「灣化」，不知櫻雪，不之內地風物的現象呈現相反的邏輯。也許是由於日後二世兒童「灣化」的現象在定住率極低、「灣生」孩童極少的領臺初期是始料未及的問題，並未放入考量，同時也顯現培養日人永住觀念在早期是何等急務。此外在臺灣打造故鄉，理應憂慮是否會引發「與母國脫節」等現象，但是〈故鄉の觀念〉此篇刊載在《臺灣日日新報》的社論完全讀不出類似的顧慮。相反地，認為思懷父母之心可以成為懷鄉之情，而常懷故鄉之情即是忠君愛國、國家觀之所由，亦即以一種近似家族國家論的邏輯，貫穿「父母—故鄉—國家」的關係，力勸涵養故鄉在臺灣的觀念。[14]也因此《南風如歌》當中寫到，其父親及全家人於一九四八年引揚回日本時，「不過，據說父親當時的心境充滿著矛盾：『離開了故鄉，為何而歡呼……』父親是抱著埋骨在臺灣的決心，因而拼命奮鬥多年。」[15]更指出日本政府有意識讓移民至臺灣拓墾、工作、開發的內地人在「故鄉認同」上把這殖民地臺灣當作故鄉，第二代日本人「灣生」更因出生、成長於這塊土地上，更有意識把殖民地臺灣視作「故鄉」。

　　林慧君研究指出，出生、成長在殖民地臺灣的日本人（灣生），即使擁有純粹血統的優越感，從望鄉到遭遇殖民母國的歧視，經歷雙鄉情結到接受臺灣為故鄉的曲折過程，顯示出殖民地遭邊緣化的處

---

14 此社論原文為〈故鄉の觀念〉，《臺灣日日新報》1902年9月2日。引自顏杏如：〈流轉的故鄉之影：殖民地經驗下在臺日人的故鄉意識、建構與轉折〉，收錄於《跨域青年學者臺灣史研究論集》（臺北市：稻香出版社，2008年），頁178。

15 鈴木怜子著、邱慎譯：《南風如歌：一位日本阿嬤的臺灣鄉愁》（臺北市：蔚藍文化，2014年），頁66-67。

境，暴露殖民進步主義下帝國圖景的虛妄性。[16]更說明內地與殖民地的不同，亦反映陳芳明提到灣生身分之中間化，不歸屬臺灣人、日本人也認為這些人不屬日本人。

日本政府欠缺考量的地方，在於無料想到第二次世界大戰中的落敗，然日本宣布無條件投降後，臺灣同胞歡欣鼓舞。堅信太陽旗永不降下，日本絕不戰敗，準備在臺灣安身立命的日本移民，沒想到煎熬多年，生活漸入佳境之時，逢此逆境。[17]爾後殖民地臺灣由國民政府接手，對日本而言，臺灣在日本歷史上的象徵意義，除北海道之外，是歷史上第一次成功地擴張海外領土，且奠定日後「併合」朝鮮等一連串海外領土擴張之基礎。[18]鈴木怜子於此歷史洪流下生活，更因歷史無常與無奈導致在成長過程與經驗接觸有其特色，對灣生研究來說，更具代表性。

第二節　從個人到群體：
引揚的集體記憶與離散敘事

記憶是人們認同形成的核心要素。八〇年代以來，集體記憶的研究伴隨著認同研究而蓬勃開展。而集體記憶概念的特殊，就在於它結合了「集體」（因此關懷集體認同）與「記憶」（因此關懷人們對「過去」的認知如何影響他們的「現在」）兩個層次。[19]一九四五年日本二

---

16 林慧君：〈日據時期在臺日人小說中灣生的認同歷程〉，《國文天地》第29期（2009年8月），頁56。

17 張素玢：《未竟的殖民：日本在臺移民村》（臺北市：衛城出版，2017年），頁369。

18 陳培豐：《同化的同床異夢：日治時期臺灣的語言政策、近代化與認同》（臺北市：麥田，2006年），頁23。

19 蕭阿勤：《回歸現實：臺灣1970年代的戰後世代與文化政治變遷》（臺北市：中央研究院社會學研究所，2008年），頁50、52。

次大戰戰敗，國民政府接手來臺，「戰後初期」乃指一九四五年十月
二十五日國民政府正式接收臺灣以後，至一九四九年十二月國民政府
因國共內戰敗退到臺灣為止的期間，[20]亦於此期間，在臺日本人經歷
在臺留用制度與引揚回日本祖國的過程。

　　起先國民政府展開收復臺灣的準備工作時，臺灣人即一再強調國
民政府應就地取材，任用臺灣人，讓臺灣人享有完全自由、平等的地
方自治。然當行政長官公署正式接管臺灣後，卻以實際需要為由，採
大量留用日本人之政策，以至引起臺灣人心生不滿。[21]洪郁如曾指
出，二次大戰結束時在臺灣的日本人約有四十八萬，此數字包括大多
數居留殖民地臺灣的所謂「在臺日人」，和十六萬名軍人。其中約四
十六萬日人陸續被遣送回國，另外兩萬多日人與其家族因國民政府留
用而延後遣返。[22]而歐素瑛的研究說在臺日人之留遣決策過程中，美
國始終扮演著舉足輕重之角色。二次世界大戰之後，隨著相對國力的
急速上升，美國在全球事務上具有重大影響力，加上遣返在臺日人需
賴美國船隻與人員之支援，是故，其所提出之相關意見自然不容忽
視。但對於國民政府留用日籍技術人員，美國始終抱持著較為保留的
態度，魏德邁將軍即認為保留任何敵軍於臺灣甚屬不智，於是堅持將
大多數日人儘速遣返回國。

　　戰後在臺日人的引揚工程，以軍隊為第一優先，其次為一般在臺
日人，至於患有疾病的、犯人、則利用醫院船武裝引揚。[23]總共的引

---

20 黃英哲：《「去日本化」「再中國化」：戰後臺灣文化重建（1945-1947）》（臺北市：麥
　　田，2007年），頁17。

21 吳文星：〈戰後初期年在臺日本人留用政策初探〉，《臺灣師大歷史學報》第33期
　　（2005年6月），頁283。

22 洪郁如：〈灣生的記憶如何閱讀：我們準備好了嗎？〉，收錄於鈴木怜子著、邱慎譯：
　　《南風如歌：一位日本阿嬤的臺灣鄉愁》（臺北市：蔚藍文化，2014年），頁10。

23 歐素瑛：〈戰後初期在臺日人之遣返〉，《國史館學術集刊》第3期（2003年9月），頁
　　208-209。

揚時間長達三年，大致上可以分為七期，以表2-4呈現之。

表 2-4　戰後引揚七期彙整表[24]

引揚	時間	內容
第一期 （大規模）	1946年3月2日至5月25日	由軍人先行，緊接為在臺日本人，在臺灣各地的日本人聚集至基隆、高雄、花蓮港口的集中營，再分批乘船引揚。
第二期 （大規模）	1946年10月19日至12月底	引揚者以「留用日僑」[25]以及「殘餘日僑」[26]為主。
第三期 （大規模）	1947年4月中旬至5月3日	因二二八事件發生後，解除大量留用者的身分。為減少在臺日人之影響，除少數高級技術人員暨行政長官特准者外，一律集中引揚，僅留用兩百六十三人，連同家屬共七百七十六人。
第四期	1947年12月	引揚日、琉人走私犯及無罪戰犯一百〇五人
第五期	1948年4月	引揚解除徵用及殘餘日人回國
第六期	1948年11月	引揚解除徵用及殘餘日人回國
第七期	1949年8月	引揚解除徵用及殘餘日人回國

---

24 此表之彙整，參閱以下文獻：河原功：〈《台湾引揚者關係資料集》解題〉，《台湾引揚者關係資料集第一卷》（東京都：部二出版社，2011年），頁3-12。河原功監修、編集：《台湾引揚・留用記錄》，卷1，頁8-11。歐素瑛：〈戰後初期在臺日人之遣返〉，《國史館學術集刊》第3期（2003年9月），頁211-212。王惠珍：〈後解嚴時期西川滿文學翻譯的文化政治〉，《臺灣文學學報》第29期（2016年6月），頁84-85。

25 留用日僑為教育、研究、專賣、電力、糖業、各種產業、農林水產、鐵道等專業人才為應交接所需而延後引揚。

26 殘餘日人為躲藏不願離開臺灣的日人、偷渡者和用結婚為由留在臺灣的日本女人，以及在臺犯罪的日人、戰犯、孤兒所的日本孤兒、療養所裡的高齡者、重症患者等等。

日本移民大部分在一九四六年三月以後陸續接受引揚。這段期間，治安惡化，過去曾仗勢欺人或耀武揚威者，此時便惶然不安，許多人逃往不同地區藏匿，或者將衣服家具贈予臺灣人以求平安。戶長戰死或出征軍人家屬均就近寄人籬下，為求自保，許多人請過去的佃農或相識者住到家中。移民子弟也不可能通車就學，否則一踏出村外便遭人辱罵追打，局勢稍微平靜後，才恢復上學，但是教員大部分為臺籍，教材已全部更換，過去唱日本軍歌、國歌，現在改唱「三民主義、青天白日」。[27]從表2-4可詳見，於第一期至第三期的規模以及引揚的時間較長且重要，尤其是第三期時，因二二八事件爆發，國民政府懷疑有在臺日本人煽動臺灣人鬧事、抗爭，以至大量解除徵用日人的員額，進行引揚作業。世界上許多種族都有自己的離散敘事[28]，當然灣生也不例外。中島道一因為一名紡織工廠的技術人員，所以並無於第一時間接受引揚，是位留用日人，其眷屬亦可以留在臺灣。根據國民政府「臺灣省日僑遣送應行注意事項」的規定，有一條就註明：准予留臺之日僑，其直係家屬的去留，聽其自願，其必須遣返者，仍予遣返。[29]和中島道一一樣被國民政府留住臺灣的日本人（多為教師或是技術人員），中島道一為技術人員，約有二千八百名。[30]一九四八年，中島道一一家人，包含灣生鈴木怜子接受引揚回日本祖國，他們一家人即於第五期接受引揚，離開「故鄉臺灣」。

---

27 張素玢：《未竟的殖民：日本在臺移民村》（臺北市：衛城出版，2017年），頁371-372。

28 李有成：《離散》（臺北市：允晨文化，2013年），頁33。

29 何鳳嬌編：《政府接收臺灣史料彙編》（臺北市：國史館，1990年），頁344-345。引用自歐素瑛，〈戰後初期在臺日人之遣返〉，《國史館學術集刊》第3期（2003年9月），頁206。

30 鈴木怜子著、邱慎譯：《南風如歌：一位日本阿嬤的臺灣鄉愁》（臺北市：蔚藍文化，2014年），頁68。

　　一九四五年九月，《南風如歌》中鈴木怜子一家人被疏散到新竹州的鄉下地區。鄰居朋友卻被迫從學校到松山機場，迎接首次來臺的中國大陸軍隊。鈴木怜子記憶這甚是諷刺的景象，在於日本小學生手揮著國民政府的國旗、口中唱著中華民國國歌，列隊歡迎軍隊。他們見證了戰後臺灣歷史的第一幕。[31]「記憶」的概念在希臘時代就已在探討與剖析，當時記憶往往和空間秩序形成一種知識上的連續體。到了印刷術文化（print culture）的出現，使人們的記憶成為書本版面間，記憶也開始由書本取代。隨後，記憶經常與敘述（narrative）與故事（story）有關，也因不同族群與文化的形構占據巨大的影響。集體記憶的再現更影響文化認同與國族認同，所以記憶也存在著語言、敘述、地方與權力運作之間的關係。[32]王明珂的研究指出，集體記憶的主要論點在於（一）記憶是一種集體社會行為，人們從社會當中得到記憶，也從社會中拾回、重組這些記憶。（二）每一種社會群體皆有其對應的集體記憶，藉此該群體得以凝聚及延續。（三）對於過去所發生的事情，記憶通常是選擇性的、扭曲的或是錯誤的，因為每個社會群體都有一些特別的心裡傾向，使當前的經驗印象合理化的一種對過去的建構。（四）集體記憶仰賴某種媒介（文物、圖像、文獻等）來強化或重溫。[33]每一位灣生的生長過程、臺灣經驗、社經地位皆不同，認同上亦有歧異性。但在共同的歷史脈絡中，灣生存有「引揚」的集體記憶。他們皆生長於殖民地臺灣，也都因祖國日本的戰敗而回到日本內地，重新開始新生活，此記憶絕對不會被抹滅。

---

31 鈴木怜子著、邱慎譯：《南風如歌：一位日本阿嬤的臺灣鄉愁》（臺北市：蔚藍文化，2014年），頁60-62。

32 參閱廖炳惠：《關鍵詞200》（臺北市：麥田出版，2003年），頁161-163。

33 王明珂：〈過去的結構——關於族群本質與認同變遷的探討〉，《新史學》第5卷第3期（1994年9月），頁121-122。

　　記憶看似是私事──我們記得某些事，遺忘其他事。但記憶也有社會性。我們讓某些記憶消逝，不給予任何支持。其他記憶則獲得宣揚，以表徵某些事物。[34]建構記憶的主要方式之一，就是透過地方的產物或經驗展現在自我的表述或見解之中。灣生藝術家立石鐵臣亦經歷過被迫引揚的日子，一九四八年立石鐵臣全家引揚回日本，其畫作風格也因此事件有所轉變。戰前畫作的寫實美感與戰後畫作多呈現空虛荒涼的不安感，以及漂泊不定、生命被中斷之感，和戰前臺灣風景畫風格相去甚遠，更呈現出立石鐵臣對臺灣的思念與不捨，臺灣曾經是他創作的泉源與追求之新故鄉，也許他需要透過繪畫，再度找到活著的感受。

　　歷史做為一種社會記憶，也與個人的回憶功能類似，是一種對過去作理性化的解釋與重建。[35]灣生的集體記憶以及被迫引揚的離散敘事，是本研究認為在灣生思想、認同、記憶上的轉變影響甚深，對故鄉臺灣看法也呈現其特殊性，離散主要指人「跨越地理、歷史、語言、文化與國家疆界的流動」，而跨國主義則廣義地用來描述人員之外，包括資本、金融、貿易、文化、物資等的跨國流動，這樣的流動迫使國族國家產生新的意義，主權國家的基礎也隨之多少鬆動。[36]國民政府進駐臺灣之後，原本居住在官舍的日本官員和教師，被迫遷出；不論商人或是公司員工，各行各業的日本人都為返國處理家產而煩惱。[37]日本人接受引揚回日本帝國前，攜帶物資有嚴格限定：現金不得超過一千圓，夏冬季衣服各一套，棉被一床，帶不走的衣物大多

34　柯瑞斯威爾（Tim Cresswell）著、徐苔玲、王志弘譯：《地方：記憶、想像與認同》
　　（臺北市：學群出版，2006年12月），頁138。

35　王明珂：〈集體歷史記憶與族群認同〉，《當代》第91期（1993年11月），頁13。

36　李有成：《離散》（臺北市：允晨文化，2013年）頁36。

37　鈴木怜子著、邱慎譯：《南風如歌：一位日本阿嬤的臺灣鄉愁》（臺北市：蔚藍文
　　化，2014年），頁63。

贈與雇工、佃農或舊識。[38]鈴木怜子也說到，她曾目睹學校某位教師，在椰子樹蔭底下，把餐具一排排的放在草蓆上，和客人互罵似的討價還價。當時她緊抓著母親的手，頭也不回往前走，因深怕在我們心目中對老師的崇拜形象，因而破滅。[39]然灣生回到日本內地後，因國民政府之引揚政策，導致他們回到內地後，一切都需從零開始，與臺灣打拼的一切都將收歸國民政府所有，曾經雄心萬丈滿懷壯志，以殖民者身分來到殖民地開疆拓土的移民，如今多年辛勞結果付之水流，落得以戰敗國的境況黯然回鄉。[40]根據武之璋關於臺灣戰後日產接收的研究，臺灣於戰後初期陳儀公布日人私產部分歸公，由地方政府悉數購買，然後各地縣市政府配合各地日產處理委員會負責公開召標，投標人不限臺灣人，有中國國籍公民皆有投標資格。[41]檢視上述狀況，亦可看出日人財產因戰敗、接受引揚後將歸國民政府處理，回到日本內地後欲重新開始。在嚴格限制下，接受引揚的日本人所能攜帶的行李雖不多，但還有各式各樣、或長或短的臺灣經驗與回憶，隨這群被稱為「引揚者」之日人悄然離去，回到戰後日本。也因此離散更讓灣生對於臺灣的思鄉情更是深厚。

　　離散之所以離散是因為存在著兩個「中心」。一個是離散的始源，也就是國家，包括家園、部族、國家或國族國家等。另一則是居留地，也就是離散社群賴以依附並形成網絡的地方。[42]對灣生來說，第一個中心為「殖民地臺灣」，第二個中心為「祖國日本」，但此中心

---

38 張素玢：《未竟的殖民：日本在臺移民村》（臺北市：衛城出版，2017年），頁372。

39 鈴木怜子著、邱慎譯：《南風如歌：一位日本阿嬤的臺灣鄉愁》（臺北市：蔚藍文化，2014年），頁63。

40 張素玢：《未竟的殖民：日本在臺移民村》（臺北市：衛城出版，2017年），頁372。

41 武之璋：《臺灣光復日產接收真相暨檔案彙編》（臺北市：致和出版，2017年），頁29。

42 李有成：《離散》（臺北市：允晨文化，2013年），頁39-40。

論其實和李有成解釋的剛好相反。對在臺日人來說，家國應為「祖國日本」、居留地應為「殖民地臺灣」，但反觀灣生呢？出生於「殖民地臺灣」，然後離散回「祖國日本」，以至灣生的離散敘事有其特別之處，更指出灣生在歷史上的特殊身分、歸屬與認同問題。

引揚回日本「祖國」後，據洪郁如表示，發現自己舉目無親的許多引揚者家族，只能赤手空拳在名為故鄉的異鄉重建家園，即使幸運有父祖老家可依，也如寄人籬下，處處小心謹慎，設法融入在地親戚人際網絡中，避免增加親族的經濟負擔。[43]然對鈴木怜子全家人來說，許多物資都是缺乏的，他們沒有一個能夠安頓的地方，只能透過住於戶畑的伯父幫忙，終在東京江東區找到個房間落腳。[44]鈴木怜子在日本的生活始終不適應，其父母即使在戰後的經濟狀況如此拮据，仍費盡心思準備和服，讓出生於殖民地臺灣的女兒盡量習慣穿著和服，但鈴木怜子仍相當不適應，但可發現其家庭非常注重子女教育，籌措款項讓女兒讀私立學校，甚至留美。[45]范銘如研究指出，當一個人無法獲得或回歸隸屬於他的地方、或者在應該是屬於他的地方沒有歸屬感，就是錯置、不得其所（displaced）；當一個人非自願離開他覺得歸屬的地方就會感到流離失所（placeless）、放逐。[46]近年探討地方的研究在塑造外人（outsider）時扮演的角色，這類研究可謂汗牛充棟，這些外人[47]被視為「不得其所」而遭到排除，無法符合地方、

---

43 洪郁如：〈灣生的記憶如何閱讀：我們準備好了嗎？〉，收錄於鈴木怜子著、邱慎譯：《南風如歌：一位日本阿嬤的臺灣鄉愁》（臺北市：蔚藍文化，2014年），頁13。

44 鈴木怜子著、邱慎譯：《南風如歌：一位日本阿嬤的臺灣鄉愁》（臺北市：蔚藍文化，2014年），頁74-75。

45 邱慎譯：〈灣生的記憶如何閱讀：我們準備好了嗎？〉，收錄於鈴木怜子著、邱慎譯：《南風如歌：一位日本阿嬤的臺灣鄉愁》（臺北市：蔚藍文化，2014年），頁13。

46 范銘如：《空間／文本／政治》（臺北市：聯經出版社，2015年），頁85。

47 柯瑞斯威爾此處所指外人，包含瘋子、吉普賽旅行者、兒童、政治抗議者、非白種人、男同性戀、女同性戀、雙性戀者、遊民、娼妓、身心障礙者。

意義和言行之間的預期關係，皆被形容為「不得其所」。[48]鈴木怜子不能適應日本生活，藉由范銘如的研究指出許是因其灣生身分關係，從小在臺灣培養的價值觀與生活習慣就已與日本內地有所不同，才導致此狀況發生，認為從未踏上的祖國日本土地與風俗，對此是無歸屬感、認同感，有錯置之嫌。亦因這樣鈴木怜子的不適應導致她一度被診斷罹患梅尼爾症[49]，醫生建議換一個環境許會有好轉，也因此鈴木怜子於高中畢業（18歲、1954年）拿到扶輪社獎學金前往美國費城的美術學校留學。因其身體狀況鈴木怜子有第二次身體上的跨國移動，先從臺灣移動到日本，再從日本移動到美國費城，於短短十八年間。至此，灣生鈴木怜子有別於其他灣生，因她不適應日本祖國文化、生活、經驗，所以也反映於自身生理狀況上，十八歲那年，離開日本，前往美國費城美術學校留學，這亦是一次個人的離散，因為身體的狀況而非自願的前往其他國家留學生活，更使鈴木怜子於未來的日子與生活經驗呈現出迥異的現象。

「灣生」是一集體，就會有其集體記憶，但這群體是被忽略的，甚至因政治因素避而不談，但他們的存在不可被否定。雖說從「鈴木怜子」的個案為例，但在行文論述中，亦會與一些灣生個案進行比較，看出鈴木怜子的特殊性與研究價值，亦藉由歷史爬梳、文本分析為基底，讓此議題能被關注、重視。

---

48 柯瑞斯威爾（Tim Cresswell）著、徐苔玲、王志弘譯：《地方：記憶、想像與認同》（臺北市：學群出版，2006年），頁165。

49 梅尼爾症：內耳病變所導致的平衡功能失調，會發生陣發性暈眩、耳鳴等症狀。詳細請見網址：http://www.ear.com.tw/CGMH-WEB/disease/meniere.htm。

第三節　鄉關何處：戰後灣生創作

　　文學的表達形式有相當多種類，回憶錄就是一種，這些為個人自身經驗、或為家庭、社區、族群的記憶，呈現出個人性或是集體性的特色。現在大眾所皆知的灣生記憶與歷史回顧多來自二〇一五年出版的紀錄片《灣生回家》所帶給閱聽者的思想與啟發，但是在族群與記憶的接收上，不能只單方面看到一個作品、人物或是回憶錄就鎖定有此經驗或是感受之人即為灣生群體。引揚日本人的記憶之聲，一方面傾向以個人或家族史的「小歷史」形式呈現，另一方面記憶之聲的流通範圍也僅限於圈內「自己人」，對於臺灣的記憶，常見的就是以相互傾訴慰藉的形式，出現在各式團體的相關活動與刊物之中，此外則是提供個人或家族後代作為備忘錄的文字書寫，屬於私家版型的個人回顧紀錄，鈴木怜子的作品即屬此類。[50]

　　敘事認同理論提出，敘事從私我到公眾共可分為三部分：（一）個人敘事：包括私我的記憶書寫，例如日記、未出版的回憶錄、家書等文獻資料。（二）公共敘事：包括已經公開、出版的回憶錄、紀錄片、作品等。（三）國家敘事：藉由個人敘事及公共敘事的關聯性，與國家社會命運的牽連、呼應，呈顯出的即為國家敘事。有時作家在書寫文學作品或是創作時，並不會完全迎合國家敘事的模式與風格，而是有突出的個人風格。然公共敘事因以為公眾注視的大眾資產，有時亦因社會氛圍、傾向而有共同化或是過於渲染的問題。雖然鈴木怜子回憶錄屬於私家版型的個人回顧紀錄，但需注意到的是，這本著作的出版，已從個人敘事轉而成為公共敘事的範疇，也讓研究者能進行討論與分析。

---

50 洪郁如：〈灣生的記憶如何閱讀：我們準備好了嗎？〉，收錄於鈴木怜子著、邱慎譯：《南風如歌：一位日本阿嬤的臺灣鄉愁》（臺北市：蔚藍文化，2014年），頁15。

　　根據周芬伶的研究指出，作家的傳記、口述歷史或是回憶錄研究在近年的現代文學研究中是最弱的，其原因有四：（一）年表疏漏，以訛傳訛的問題嚴重，有時候連作家自訂的年表也過於簡略。（二）坊間媒體的採訪偏於文學理念，缺乏傳記資料。（三）作家的作品中未交代家譜或家族史。（四）現有作家資料過於簡陋與老舊。[51]所以從周芬伶的論述來看，在從事人物及其回憶錄研究時必定要注意「史料」與「來源」的真實性與可靠性。

　　本章前兩節爬梳許多中島道一家族的「史料」與「創作」，看出戰前直至引揚後的家族狀況與鈴木怜子的兩次離散，這些經驗與記憶，都會成為作家創作作品的一種養分來源。洪郁如指出，這些記憶與故事，曾經搭乘帝國「大歷史」的巨艦，前進殖民地與占領區而展開的許多近代日本民眾與家族「小歷史」，可能永遠失落在流逝的時光中，因為絕大部分的引揚日人對於此記憶的描述是沉默的，[52]所以相對來說，這些有記錄下來、書寫下來的灣生作品，甚是可貴、獨特。鳳氣至純平曾歸納臺灣引揚者的回憶錄，他指出許多引揚者的回憶錄多以學校同學會、地方同鄉會的形式出刊，其中最大宗的是《臺灣引揚史》，收錄一百五十多位引揚者的短文，當然因其指稱為「引揚者」，所以包括在臺日人與灣生，這些人努力適應「祖國日本」，心酸歷程也加深他們對臺灣這個故鄉的認知。[53]以至本節所要處理的問題為鈴木怜子戰後的文學作品與發展概況為何？然後其他灣生的作品有哪些？本節將指出，這些作品除能看出作家創作之外，還有藉由許

---

51 周芬伶：《芳香的祕教：性別、愛欲、自傳書寫論述》（臺北市：麥田出版，2006年），頁219-220。

52 洪郁如：〈灣生的記憶如何閱讀：我們準備好了嗎？〉，收錄於鈴木怜子著、邱慎譯：《南風如歌：一位日本阿嬤的臺灣鄉愁》（臺北市：蔚藍文化，2014年），頁12。

53 鳳氣至純平：〈臺灣引揚者的臺灣書寫〉，《臺灣學通訊》第103期（2018年1月），頁28。

多的不同文類描繪灣生、書寫灣生來建構對此一群體的想像、認同與
再現。

一　鈴木怜子及戰後文學創作

鈴木怜子前往美國費城念書，積極攻讀美術專業，後來嫁給擔任
東京總公司的記者丈夫，也積極努力工作。直至一九七九年，丈夫屆
齡五十五歲退休，鈴木怜子甚是感嘆，關於自己如何看待丈夫的工作：

> もう二十数年以上も前のことになる夫は新聞記者として東京
> 本社に勤務して、デスクという大変変則的な勤務状態の仕事
> をしていた "朝の勤務が続いたときなどは混雑を極めた小田
> 急線で、うっかり持ち上げた片足を戻せないままにひと駅間
> を運ばれてしまったといったようなこともあったようだ。[54]
> （已經結婚二十多年的丈夫以記者的身分在東京本社任職，這
> 份工作的狀態非常不規律，早上工作的時候，在極度混雜的小
> 田急線上，不小心舉起了一隻腳就無法放回原位，只能任憑如
> 此的駛過一個車站，這樣的事好像也有過。）

從上述引文可看出鈴木怜子丈夫的工作時間相當不固定，而且也過於
勞累。譯者邱慎也在訪問時提到，因她的先生擔任記者工作，記者的
工作是要二十四小時全部全神貫注，而且除貫注之外還會擔心錯誤。
比如說他要回家休息，可是馬上又會有新的工作與事件發生之時，他
又要馬上前往第一現場去處理，所以鈴木怜子的先生亦是於職場上是

---

54 鈴木　れいこ：《世界でいちばん住みよいところ》（東京都：マガジンハウス，
　　1997年），頁8。中文部分由筆者自行翻譯。

呈現緊繃狀態之人。然他退休後，當然想遠離這種緊繃的生活，他不喜歡如此忙碌。[55]因此他們夫婦在退休之後，規劃進行二十多個國家的跨國旅行，包含墨西哥、西班牙、葡萄牙、哥斯大黎加、美國洛杉磯等多地，也包括臺灣，這樣的旅行紀錄，鈴木怜子也將其記錄下來，於一九九七年出版第一本旅行散文《世界でいちばん住みよいところ》。鈴木怜子接近晚年時，才開始有文學作品的創作，她是一位散文、隨筆作家，從第一本的旅行散文開始，她也創作傳記文學，如《日本に住むザビエル家の末裔——ルイス・フォンテス神父の足跡》[56]、《ワトソン・繁子——バレリーナ服部智恵子の娘》[57]、《旺盛な欲望は七分で抑えよ——評伝 昭和の女傑松田妙子》[58]等多部，但前行研究也無關注到這些傳記文學，旅行散文也是，甚是可惜。

　　然而在二〇一四年完成其回憶錄《台湾乳なる祖国——娘たちへの贈り物》，[59]書寫對於故鄉臺灣的記憶與戰後訪臺的多面觀察，其實早在一九九七年的《世界でいちばん住みよいところ》一書中，鈴木怜子就已透露對於臺灣的想念，藉由旅行循線找回對臺灣的身分與國族認同的建構，而不是祖國日本。同年經由蔚藍出版社與譯者邱慎，將本書翻譯為中文版《南風如歌：一位日本阿嬤的臺灣鄉愁》[60]，讓

---

55 邱慎口述、蔡知臻紀錄：〈如何歌頌南風：與邱慎談鈴木怜子〉（臺北市：萬卷樓圖書公司，2020年2月），頁185-192。

56 鈴木 れいこ：《日本に住むザビエル家の末裔——ルイス・フォンテス神父の足跡》（東京都：彩流社，2003年）。

57 鈴木 れいこ：《ワトソン・繁子——バレリーナ服部智恵子の娘》（東京都：彩流社，2006年）。

58 鈴木 れいこ：《旺盛な欲望は七分で抑えよ——評伝 昭和の女傑松田妙子》（東京都：清流出版，2008年）。

59 鈴木 れいこ：《台湾乳なる祖国——娘たちへの贈り物》（東京都：彩流社，2014年）。

60 鈴木怜子著、邱慎譯：《南風如歌：一位日本阿嬤的臺灣鄉愁》（臺北市：蔚藍文化，2014年）。

臺灣的讀者、研究者看到灣生的故事。對於記憶的理解與了解，不能
忽略「個人記憶」，因為它是較為私密、不透明性的「小敘事」結
構，但也是最日常、具有參閱與研究價值的文本與材料，日記、家書
等亦然。這種所謂的「小歷史、小敘事」的詮釋，對於「大歷史」也
有可能成為一種反動的力量。我們或許在臺灣史裡找不到「灣生」的
蹤跡，但我們可以藉由這些灣生所筆的文學創作，看出灣生在臺灣歷
史上的存在意義與重層價值，以及對臺灣的思念與關懷。

二　於保誠、立石鐵臣創作下的「臺灣」

　　灣生所創作關於「故鄉臺灣」的作品，目前中譯版本極少。於保
誠（おぼまこと），亦是一位灣生，他於一九三七年出生於臺灣彰化
的和美小鎮，那曾是他深愛的故鄉。一九七七年開始走入繪本創作，
他把離開臺灣的故事，分別於一九八二、二〇〇三年繪成了《ごめん
ねムン》和《ひでちゃんとよばないで》，而《ひでちゃんとよばな
いで》於二〇一二年被艾宇翻譯為中文版《不要叫我秀子了！》[61]，
由玉山社出版。這些繪本創作屬於公共敘事的範疇，希冀許多人能看
到灣生的故事與殖民地臺灣經驗的記錄。這一本繪本集中在書寫男主
角小進（影射作者本人）與女主角秀子的互動與日常，還有從兒童視
角如何看待戰爭時期、改姓名、引揚等問題，但都不脫離繪本主要的
敘事概念，就是「思念臺灣」這件事情。

　　藝術家立石鐵臣（1905-1980），一九〇五年出生於臺灣臺北，亦
是標準灣生，父親為當時臺灣總督府財務局事務官，而在其八歲時因
父親調職離開臺灣返居日本東京，一九三三年一月至三月來臺灣行旅

61　於保誠著、繪，艾宇譯：《不要叫我秀子了！》（臺北市：玉山社出版，2012年）。

寫生，發現臺灣美景、風土的美好，加上本就於此地出生，所以在一九三四年七月遷居臺灣，娶妻生子，安定的生活。立石鐵臣喜愛繪畫臺灣的風景，包括自然與人文風景，風景是他確認自身與外界環境的重要憑藉，畫筆則是他理解世界與周遭事物的管道，在當時的政治局勢下，像灣生這樣出生與成長於臺灣的人，必須不停觀察、認識臺灣、理解臺灣，才會對臺灣這片出生地產生認同感。立石鐵臣的繪畫作品，從油畫、插畫等，都以臺灣的風土為主。他也參與《民俗臺灣》的編輯工作，畫作從臺灣風景，深入到臺灣民情、民俗的面向，再再顯示他對於臺灣的熱愛與創作美學觀，戰前到戰後的繪畫，都與臺灣有關，只是引揚前後期有一些風格上的轉變。

　　從上述灣生鈴木怜子、於保誠以及立石鐵臣的創作可以發現，對於臺灣的思念與想望，他們各自用不同的創作方式與媒材再現，有回憶錄、繪本、繪畫。回憶錄為反芻生活歷程的紀錄，亦是作者內心思索沉澱後的作品；[62] 繪本是藉由圖與文字交互並產生互文作用而呈現的兒童文類；繪畫則是有時具體、有時抽象，但其意象與內涵不因此而消逝。這三種不同的文類呈現出其特殊的表現形式，更無意識的顯現對於臺灣的真情流露，反映作者的中心思念與懷鄉情結。

三　紀錄片《灣生回家》及其爭議

　　二○○○年後，臺灣的紀錄片逐漸備受矚目，而紀錄片進入院線，是近年值得觀察臺灣紀錄片的發展現象，不僅趨向了「個人化」、「藝術化」，也越來越「商業化」，所以關於紀錄片與主流體制、

---

62 林淑慧：〈留日敘事的自我建構：臺灣日治時期回憶錄的現代性〉，《旅人心境：臺灣日治時期漢文旅遊書寫》（臺北市：萬卷樓圖書公司，2014年），頁295。

勢力的關係，以及連帶收編的問題也是重要的課題。[63]二〇一五年由
黃銘正導演所導之紀錄片《灣生回家》上檔，讓「灣生」的議題被公
眾化與看見，呈現標準的公共敘事狀況，更引導閱聽者首次接觸到對
「灣生」的集體想像。邱貴芬提出，紀錄片以真實社會為紀錄、拍攝
和論述的對象，自問世以來，便與歷史產生密切的連結，不僅各個時
代所拍攝的影像紀錄成為後世重要的歷史文獻，透過紀錄片來呈現歷
史或是名人傳記，更是影片製作的一個重要類別。[64]《灣生回家》記
述了灣生富永盛、松本洽盛、片山清子、竹中信子、家昌多惠子、須
田姐妹、清水靜枝七位灣生，與其說這是一部「灣生」的紀錄片，不
如說這是他們追尋「故鄉、記憶」的一部情感紀錄。

　　有別於回憶錄、繪本與繪畫的呈現，影片呈現的歷史有別於文字
歷史，由影像、聲音、語言，甚至於文獻互相結合，甚至互相衝突來
構織「過去」的圖像。[65]這樣的紀錄片呈現，亦是一種反動的力量，
他所要告誡閱聽人的是在官方歷史有意識掩蓋住的「灣生」，用紀錄
片的形式再現出來，更能讓人重視此紀錄片所要傳遞的訊息與知識。
然於二〇一四年自稱灣生後裔的陳宣儒女士（田中實加），編纂了
《灣生回家》[66]一書，亦受到讀者與研究者的關注，舉辦的多場公開
的座談與校園讀書會。但在二〇一六年底，陳宣儒女士被踢爆造假灣
生後裔身分，進而消費「灣生」，更讓正面、火熱的「灣生」議題一
夕之間變為「醜聞」，甚至在《灣生回家》一書中有許多史料不詳盡、

---

63 邱貴芬：〈第一章：導論〉，《「看見臺灣」：臺灣新紀錄片研究》（臺北市：臺大出版
　　社，2016年），頁32、頁35。

64 邱貴芬：〈第二章：臺灣歷史紀錄片的敘述和記憶〉，《「看見臺灣」：臺灣新紀錄片
　　研究》（臺北市：臺大出版社，2016年），頁56。

65 邱貴芬：〈第二章：臺灣歷史紀錄片的敘述和記憶〉，《「看見臺灣」：臺灣新紀錄片
　　研究》（臺北市：臺大出版社，2016年），頁56。

66 田中實加：《灣生回家》（臺北市：遠流出版，2014年）。

錯誤的地方，更令讀者、研究者錯愕。遠流出版社緊急發出聲明稿，回收陳宣儒女士《灣生回家》、小說《我在南方的家》[67]二書，紀錄片導演黃銘正也在社群臉書上發聲明稿。家昌多惠子亦於訪問時說到：「大家會不會以為我們也是騙人的？」[68]家昌多惠子即為記錄片中的灣生，在此事件爆發後她在新聞媒體中曝光，更擔心灣生的故事、自己的故事會不會被質疑？虛構？

　　灣生是時代變遷下的產物，他們受制於政權轉移、戰爭經驗、文化認同與記憶糾葛，從紀錄片的再現、回憶錄的小歷史紀錄、畫作的懷鄉、繪本的再現，我們都可以發現，灣生在臺灣歷史的意義與真實性。也許，我們沒有辦法真正了解灣生們有多愛故鄉臺灣、或是有多想回到臺灣這片土地生活，但是，這正是需要正視他們的記憶、認同、與情感的釋放與交流。時代的車已駛至今日，本研究所關注的是，到底有多少灣生仍被藏在大歷史、公眾史的背面，而沒有被大家所關注與發現。當閱聽者、研究者沉溺在媒體效應、或是身分真假的迷霧時，不妨回歸文學作品與臺灣、日本的歷史情境，深究灣生的創作、或是寫灣生的故事、影像，感受他們的生命歷程與動人情懷！

　　日本帝國在一八九五年取得臺灣這塊殖民地後，如何經營殖民地成為日本帝國的一大考驗。對於日本政府來說，臺灣統治如果順利且成功，更能在眾多殖民母國間有權勢；但如果相對不順或失敗，與歐美列強在亞洲競爭的勢力也將岌岌可危。所以日本在統治臺灣後，除統治初期的十年左右採消極處理，之後便積極在經營殖民地臺灣的種種事物。有物質、制度上的多項改革之外，在文化方面亦刻意形塑臺灣的野性氛圍，以呈現日本作為文明啟蒙者的角色，[69]更方便於文明

---

67 田中實加（陳宣儒）：《我在南方的家》（臺北市：遠流出版，2016年）。

68 黃銘正：《灣生回家》紀錄片，二〇一五年出版。

69 邱雅芳：《帝國浮夢：日治時期日人作家的南方想像》（臺北市：聯經出版，2017年），頁12。

的同化等。

　　陳培豐在其專著《同化的同床異夢：日治時期臺灣的語言政策、近代化與認同》中提及，「同化」一詞源自於十九世紀歐美殖民地政策中的「assimilation」，其基本精神是把殖民地統治當作本國施政的延長。一方面盡排除暴力、殺戮之統治手段，將被統治者的文化、社會組織的特殊性壓抑到最低的程度；一方面則對殖民地居民進行血緣、精神、思想上的同質化措施，讓他們融入統治者的社會價值體系中。[70]也進而有所謂的皇民化政策的展開。

　　中島道一因經商而從日本東京前往中國上海，更在一九三五年時來到臺灣臺北，同年鈴木怜子出生。中島道一在臺北的文化活動、政治活動與商業經營相當醒目，亦從事文學、評論的創作，更因其有雄厚的資本，所以鈴木怜子在臺北的生活呈現無憂且無慮的狀況，更讓鈴木怜子喜愛殖民地臺灣這個故鄉。但是，在一九四五年日本二次大戰戰敗，在臺日本人，包括灣生都將接受引揚回日本內地，那個從未謀面的日本祖國故鄉，與鈴木怜子十二年的生活關聯性不大。他們全家在一九四七年的第五期引揚工程中接受引揚，到了日本內地一切的需要重來，工作、生活等皆然。而在日本內地的生活，鈴木怜子極度不適應，甚至得到思覺失調症，在十八歲時前往美國攻讀美術，進而在戰後的生活有許多的旅遊經驗，亦開始進行創作，但她最想念的還是「故鄉臺灣」，也出版回憶錄《台湾乳なる祖国──娘たちへの贈り物》（《南風如歌》），把自己在臺灣的成長經驗、父親的記憶、戰後的返臺旅行與觀看等記錄下來。

　　本章著重討論灣生群體的歷史鏡像與集體記憶，而把焦點放在中島道一與鈴木怜子身上，兼論灣生立石鐵臣、於保誠，還有紀錄片《灣

---

70 陳培豐：《同化的同床異夢：日治時期臺灣的語言政策、近代化與認同》（臺北市：麥田出版，2006年），頁17-18。

生回家》所帶來的正、負面效應與回應。爬梳了殖民者、被殖民者在
日治時期的互動關係、引揚的集體記憶與離散，包含了鈴木怜子的兩
次離散敘事、還有戰後灣生書寫的發展羅列。透過本章的理解，有助
於在後續章節討論《南風如歌》一書的各種面向、書寫策略等問題。

第三章

《南風如歌》之成書過程與書寫策略

　　臺灣顯然對於鈴木怜子來說有許多的記憶，哪些記憶值得記下、宣揚，哪些卻根本不再只是記憶的問題，是個政治問題，反而臺灣成為爭論召喚哪些記憶的位址。[1]以至本書的生成與書寫的策略問題是重要的關注點。本章以鈴木怜子回憶錄《南風如歌》為探究主軸，起先論述本書外緣背景。外緣背景探究能深入檢視作家創作時之歷史情境，且看出作家何以既成自我書寫策略與創作特色，以至討論鈴木怜子創作本書初衷、日文版與中文版的翻譯過程、作者人生與創作觀的體悟展現與創作近況。緊接綜覽全書書名、文章名稱及編排狀況，詳論鈴木怜子回憶錄設計、書寫敘事觀點及檢視策略的方法，如何展現全書概況。第三節以「人物」為論述中心，藉敘事學的人物分析理論討論《南風如歌》提及的歷史人物、醫生、教師，如何再現於文本當中？復又如何描繪？並分析鈴木怜子創作文學技巧及表現手法。第四節論述臺日文化差異，細談鈴木怜子如何敘述與再現臺灣、日本的迥異文化並細加比較。

1　柯瑞斯威爾（Tim Cresswell）著、徐苔玲、王志弘譯：《地方：記憶、想像與認同》（臺北市：學群出版，2006年），頁144。

第一節　成書始末及創作觀

一　成書過程及其創作初衷

　　鈴木怜子於二〇一四年出版回憶錄《台湾乳なる祖国——娘たちへの贈り物》，出版前，鈴木怜子花費近十年的歲月籌備此書，更意識到「臺灣」與自己的重要性及可貴之處。二〇〇五年四月於日本東京的市谷會館，舉辦臺灣獨立運動家兼記者鄭南榕之追思演講會，此次是鈴木怜子第一次聽聞「鄭南榕」這號人物。關於鄭南榕之事蹟影響鈴木怜子甚深，一九九八年四月因蔣介石國民黨政府實施白色恐怖，為追求「言論自由」，鄭南榕於臺北以汽油自焚身亡。此事件引動鈴木怜子的內心，自焚案爆發之前，她都視臺灣於二次世界大戰的戰中、戰後歷史為他人之事、他者。[2]但鈴木怜子因參與鄭南榕先生知追思演講會，她首度正視臺灣的歷史與自我關照的話語模式。

　　爾後日本東京彩流出版社編輯茂山哲也先生，閱讀鈴木怜子先前創作之書稿後，建議她以「臺灣」為主題創作，此機會使得鈴木怜子既興奮又害怕，興奮是她有感於年輕一代的日本人，多數人竟沒聽聞「臺灣」此地，也讓她甚是訝異。在協同邱慎訪談中亦提及，鈴木怜子有感於現代年輕人，含括日本年輕族群，然他們對臺灣了解相當枯竭，以至她以《台湾乳なる祖国——娘たちへの贈り物》的記述與書名、題目吸引現下日本青年也能一觀、翻閱此書，看到書名「臺灣」而會進一步反思自我的文化受容，因她整本書的中心思想即為其「心靈的故鄉：臺灣」。洪郁如於書序中表示：作者在書末提到她的執筆初衷，基本上設定的讀者是今天對臺灣一無所知的日本人年輕世

2　參閱鈴木怜子著、邱慎譯：《南風如歌：一位日本阿嬤的臺灣鄉愁》（臺北市：蔚藍文化，2014年），頁211。

代。[3]然而她害怕的是，在於自我本身之非歷史專業，應系統化描述臺灣歷史，深入檢視文化特殊性，對於「門外漢」來說，絕對是條艱難之路，且她自認無法勝任且內心感到騷動不安。但她靈機一動換一思考方向，如以「追溯昔日回憶」之技法進行撰述，許對鈴木怜子來說是一系統之事的爬梳與策略的剖析，致使催生此書出版問世。

撰述回憶錄的過程，鈴木怜子除反芻自我的記憶重構外，仍需大量考察臺灣的歷史文化及其連結性，亦透過當時臺北駐日經濟文化代表處代表許世楷之夫人盧千惠女士協助，讓鈴木怜子有多次機會與眾多臺灣人交流。鈴木怜子自言：

> 透過每次的交談，讓我得知臺灣曾被荷蘭人占領，又一時被西班牙人統治，也曾被清朝視同為小動物般的割讓給日本。如此身心遭受到悲痛與哀傷的臺灣人，深深地打動我心。[4]

致使她在敘述回憶錄時，企圖旁及多方關於臺灣的歷史知識與文化縱深，加之與臺灣人交流、訪談，亦詰問自身對臺灣的記憶回溯與挖掘，上述種種所交織而成具特殊質性的回憶錄。而她如何回眸記憶？並所撰之？鈴木怜子於十二歲即接受引揚回祖國日本，對殖民地臺灣之人、事、物記憶不甚深刻、甚至有所遺忘，她所回溯的是父親中島道一留下之一本小冊子。[5]鈴木怜子藉此反覆思索並追尋父親所載記憶，反芻且填補自我所不知、不清的部分，亦與自己所記起的殖

3　洪郁如：〈灣生的記憶如何閱讀：我們準備好了嗎？〉，收錄於鈴木怜子著、邱慎譯：《南風如歌：一位日本阿嬤的臺灣鄉愁》（臺北市：蔚藍文化，2014年），頁9。

4　鈴木怜子著、邱慎譯：《南風如歌：一位日本阿嬤的臺灣鄉愁》（臺北市：蔚藍文化，2014年），頁212。

5　此本小冊子，筆者曾試圖探問是否有取得的可能，但目前仍不知去向，甚是可惜，有待後續研究者戮力。

民地記憶剖析、拼湊且勾勒深具意義的故鄉。乃至於綜觀本書，為鈴木怜子及其父親記憶之交錯與交會，共構一本屬於他們的回憶錄。洪郁如評論，一本回憶錄，就像是一個記憶的盒子。作者打開記憶盒子的時空點，影響著記憶盒子中什麼容易看見，什麼可能沉去。戰後至今近七十年也斷斷續續有引揚日人回憶錄付梓，而出版於二〇一四年今天的此書與之前其他回憶錄相較，確實有它極為不同的特徵，就是「複數記憶的集結與對話」。[6]正如洪氏所言，它是兩世在臺日人（二世為灣生）之記憶與凝聚，兩種記憶有其不同的特殊表現風格，亦為本書追索之書寫策略。

　　檢視本書外觀，觀察到「書名」頗具特色，反覆思索後想進一步探究「書名」命名方向與撰述意義。日文版的書名為《台湾乳なる祖国——娘たちへの贈り物》，直翻中譯書名為《蘊育成長的祖國臺灣——給女兒們的禮物》。剖析「乳」字的運用，隱含其寓意性與雙關技法。根據譯者邱慎於訪談討論，「乳」跟「父」於日文之發音上皆為「ちち」，為釐清是否涉及多重寓意，更特別詢問鈴木怜子，她言此「乳」與「父」於日本的短歌、和歌裡頭有歌頌父親，省思「乳」字跟父母是有關係與連結，可見鈴木怜子的設計與想法，實則相當用心，因她覺得自己是喝臺灣人奶水長大，且此片土地對她在情感上、心靈上皆是重要、且心繫的一個「根」。[7]然副標題「娘たちへの贈り物」，由日本東京彩流出版社的編輯茂山哲也先生所撰。鈴木怜子表示，這與她寫作時懷念父親之情境相映。[8]此副標亦符合鈴木

6　邱慎譯：〈灣生的記憶如何閱讀：我們準備好了嗎？〉，收錄於鈴木怜子著、邱慎譯：《南風如歌：一位日本阿嬤的臺灣鄉愁》（臺北市：蔚藍文化，2014年），頁15-16。

7　邱慎口述、蔡知臻紀錄，〈如何歌頌南風：與邱慎談鈴木怜子〉（臺北市：萬卷樓圖書公司，2020年2月），頁185-192。

8　鈴木怜子著、邱慎譯：《南風如歌：一位日本阿嬤的臺灣鄉愁》（臺北市：蔚藍文化，2014年），頁213。

怜子的創作初衷，實為給年輕一輩的日本人所閱讀的作品，她的女兒
們亦為同輩青年，以至於此標題之設計忝為切合，投射性亦高。

二　翻譯始末考察

　　鈴木怜子與譯者邱慎於日本東京認識。自二〇〇四年始，因邱慎
先生的工作關係，他們皆於日本東京生活。當時日本東京有一婦女
會，婦女會會定期舉辦讀書會，也就在此讀書會邱慎與鈴木怜子相
識。然因鈴木怜子對臺灣的歷史文化相關議題皆有興趣亦有些許涉
略，所以她於讀書會念書時多次詢問邱慎臺灣歷史、文化現況等議
題。邱慎與鈴木怜子相識後，鈴木怜子也因此有更多機會來訪臺灣，
更完成《台湾乳なる祖国——娘たちへの贈り物》此一鉅作。本書出
版後，臺灣蔚藍出版社之版商，多去蒐集日本現下出版之書籍資訊，
爾後考量是否適合於臺灣翻譯出版、能否有讀者群眾。經過長時間評
估後，出版社嘆服，此書有其價值意義且值得於臺灣翻譯出版。蔚藍
出版社原先與邱慎皆不認識，後來是因日文版的版權賣至臺灣，出版
社必須接洽翻譯員進行翻譯，鈴木怜子認為邱慎應是最適合擔任翻譯
的人選，因她們相互熟識，鈴木怜子即推薦邱慎予出版社。經過一連
串試翻、審查過程，加上邱慎自身的翻譯經驗甚多，出版社確定聘請
她為《台湾乳なる祖国——娘たちへの贈り物》譯者。[9] 根據上述，
翻譯本書的始末即為因緣際會，亦因邱慎與鈴木怜子熟識，加之作者
自身覺得交予他人進行作品翻譯之工作她相當不放心，以至指名邱慎
來進行翻譯工作。

　　省思翻譯學之觀察視域，本文首先檢視「書名翻譯變化」。日文

9　詳參邱慎口述、蔡知臻紀錄：〈如何歌頌南風：與邱慎談鈴木怜子〉（臺北市：萬卷
　樓圖書公司，2020年2月），頁185-192。

版書名為《台湾乳なる祖国——娘たちへの贈り物》，而中譯版則譯改為《南風如歌：一位日本阿嬤的臺灣鄉愁》。邱慎直言，回溯自身翻譯本書的記憶，她最先以較直譯之翻法呈顯，為「蘊育成長的祖國臺灣」，此名相對較艱深難懂，實則無法吸引讀者閱讀目光與契機。然蔚藍出版社總編輯林宜澐[10]，亦是位散文作家、文學創作者，他知曉本書內容是以散文、隨筆的方式撰述，所以他便以散文立場盡力修改為「南風如歌」此書名。

關於「南風」一詞，《詩經》裡提及歌頌父母之恩德、正興父母之偉大，亦暗含懷念父母意味。且《詩經》又稱為「中國南方文學之祖」。據白景民研究指出，《詩經》裡包含許多「父母之情」與「同胞之情」的佳例，且深具研究意義。以父母之情為例，《周南·葛覃》：「言告師氏，言告言歸。薄汙我私，薄浣我衣。害浣害否，歸寧父母。」[11]此詩句反映女子內心糾葛，及回家洗衣的生活情況，同時表現出主人公對父母深深思念與親情的熱切嚮往。《王風·葛藟》：「綿綿葛藟，在河之滸／涘／漘。終遠兄弟，謂他人父／母／昆。謂他人父／母／昆，亦莫我顧／有／聞！」[12]含括敘事者與自身親人失散，甚至稱他人為父為母，又能如何？本詩呈顯親人離散後的憂傷、痛苦。[13]從上述研究細加比較後，印證詩經、南風、父母間之關係，然臺灣地理位置又位於日本南方，從回憶錄中的各篇文章隱含陣陣南風娓娓道來，擁有特殊話語模式的呈現。

---

10 林宜澐，臺灣花蓮人，一九五六年生。學校畢業後返回故鄉教書、定居、寫作，現為蔚藍文化出版社負責人。作品有《晾著》、《人人愛讀喜劇》、《藍色玫瑰》、《惡魚》、《夏日鋼琴》、《耳朵游泳》、《東海岸減肥報告書》等書。

11 高亨：《詩經今註》（上海市：上海古籍出版社，1980年），頁3。

12 高亨：《詩經今註》（上海市：上海古籍出版社，1980年），頁102。

13 白景民：〈《詩經》中的親情〉，《聊城大學學報》（社會科學版）2008年第2期（2008年4月），頁185-186。

　　翻譯《南風如歌》時邱慎遇上多重困擾。鈴木怜子知識涵養、文學素質甚高，現已高齡八十二歲，撰述本書時為八十歲左右。她的父親一輩，即父親之曾祖父：日本文學家中島廣足（なかじま　ひろたり），石本教授曾於日本德文學會西日分會發表研究成果，同時亦宣稱她曾祖父為「在日本翻譯德國文學的先驅」。[14]然於母系此處，鈴木怜子母親為武士之女，且在書中寫到：

> 　　有一天，母親像著魔似的，突然開始工作。首先是替樓下餐廳的女客，翻譯給歸國美軍情郎的信，同時也將美國寄來的信譯成日文。
> 　　母親年輕時就是位文學少女，因此日譯的情書都已修飾得非常浪漫。女客們拿到之後，都會心花怒放地將其放進自己的手提包裡，並順便給我一些巧克力或口香糖。這些零食，對當時的日本人而言，都是遙不可級的奢侈品。[15]

兩段引文為戰後全家人於日本餐廳工作狀況。可從中檢視，不論於文學，或家族聲望，父母家各方面皆甚是頂尖，以至於此情況下可得知，鈴木怜子自身無論文學素養、家庭教育涵養皆甚好、完整。邱慎透露，翻譯時較為困難的部分是：因鈴木怜子在撰文中擅長引用大量日本本地和歌、俳句，具歷史厚度及日本文學意義，且多為日本人曉悟，但外國人即使經過反芻、再審視，仍不一定能知曉通悟，所以對日本讀者看來，此時用此句，大多可透露、知曉其用意或有所共鳴。

---

14 鈴木怜子著、邱慎譯：《南風如歌：一位日本阿嬤的臺灣鄉愁》（臺北市：蔚藍文化，2014年），頁123。

15 鈴木怜子著、邱慎譯：《南風如歌：一位日本阿嬤的臺灣鄉愁》（臺北市：蔚藍文化，2014年），頁77。

可對一外國人而言，此涉及日文長久學習語感與技法的深刻體會，是不得立即感受到，甚至會有疑問出現，除非此人日文能力好、語文素養高且熟習日本文化，否則另一種語言即另一種藝術疆域，甚是困難。

邱慎於訪談自言，雖已習得日文多年，但文學的素養仍有待加強，所以在翻譯時有較難理解的和歌或字句使用，依然無法用華語表述，只能簡鍊扼要呈顯「真」、內容能忠實日文版。另一方面，文中涉及鈴木怜子家庭富裕的社會背景，以至她自身用字遣詞經家庭養成並習慣較為深奧、艱澀，所以鈴木怜子書中在文句使用、字詞推敲上有多處需再省思，可能細閱一次、兩次仍無辦法通曉其意義，且有時更必須仰賴前後文的協助與增補。

邱慎坦言，對她來說較好的部分，即她與鈴木怜子為摯友關係，隨時可一同討論。然鈴木怜子知曉本書將在臺灣出版，特地於華文出版前一個月，從日本前來拜訪臺北蔚藍出版社，然在邱慎陪同之下亦一同去花蓮拜訪幾位老朋友，隨後鈴木怜子也特地撥出閒暇時間，予邱慎探詢翻譯過程中遇到的問題，她們就住於同家旅館，漸漸的將整本書的內容、翻譯皆校對、確認。也因此本書有多處地方需要加註解，共九十四條，這也是在翻譯本書時，鈴木怜子不敢也不願交予他人進行翻譯的一大原因，後來事實也證明。許多翻譯書，會使人深感誤謬且含有話語模式之邏輯問題，但在閱讀本書時，並未有所感受，且有多處註腳增補文字可以參照、提供閱讀者省思、釐析。

三　人生與創作的體悟與展現

鈴木怜子對人生之體悟反映她的創作意識與內容豐富程度，可從幾點觀察看出，這亦形塑她特殊的性格與思想。其一為欲望的看淡。鈴木怜子擁有豐富的殖民地臺灣成長經驗，出生於一富裕家庭，但因

二次世界大戰，即受引揚返回日本祖國，上一章亦談及，在這動盪不安之時，接受引揚之日本人手上所帶家產與金錢相當有限，無論於臺灣是富貴或貧窮，皆需一視同仁。回憶錄中鈴木怜子自述：

> 經歷過這樣的年代，受過「惜物」思想教育，想必會有珍惜萬物的觀念。但我卻持有完全不同的想法。或許和撤退回國那天有關。從那天起，我對於人或物不再執著，反而希望隨著年齡的增長，擺脫身邊的各種事物，了無牽掛地結束一生。[16]

邱慎於訪談中提出，鈴木怜子曾自言，因一個戰爭就被派遣回國、引揚，就通通什麼都沒了，以至自己如太專注、在乎物欲，那人生必定被物質所主導。[17]也因大時代環境形塑出鈴木怜子性格的特殊，她認為人到達一定歲數、人生盡頭，必要能夠捨才能夠得，把物欲降至最低，甚至出門不需帶多餘之物，就一個包包即可。一般七十、八十歲等有年紀的長輩，皆相當惜物，許是因經歷過多次歷史變故與人生體驗，才會有其想法與行為的展現。

　　然鈴木怜子卻恰恰相反，她盡情地活在「當下」，生命愈老愈精彩，並非枯竭，她將日本山口縣光市之房舍賣掉，丟棄大部分物品，連先生的骨灰亦灑向海中，拖著兩大行李便至臺灣生活、創作。[18]經年她都到處去旅遊，追索不同視域、到處觀看不同世界，雖手邊無多餘有形物件，但其旅行、開拓眼界的過程間，她遇到許多有趣的人、

---

16 鈴木怜子著、邱慎譯：《南風如歌：一位日本阿嬤的臺灣鄉愁》（臺北市：蔚藍文化，2014年），頁74-75。

17 邱慎口述、蔡知臻紀錄，〈如何歌頌南風：與邱慎談鈴木怜子〉（臺北市：萬卷樓圖書公司，2020年2月），頁185-192。

18 楊鎮宇：〈鈴木怜子童年憶難忘：灣生思鄉情懷〉，《熟年誌》（2015年12月），頁61。

事、物，更與其中一些人成為要好朋友，獲得友情、得到知識。回溯
種種旅程，即重要之部分，是一般人或許就是玩樂、旅行僅此而已，
但她會透過反思與檢視旅行與自身的關聯與影響，於是透過寫作，將
其所看、所感用文字記錄下來。[19]「能捨才能得，我把物欲降到最
低，丟棄物品、變賣家產，得到友情、知識，透過寫作，為生命做些
紀錄，我覺得這樣的生活型態很好呀！」[20]當然並不是每位旅行、遊
玩之人都有寫作、紀錄能力，但鈴木怜子因其豐盈的文學素養，亦有
書寫經驗與實力，她將旅行經驗及各地文化觀察記錄下來，撰後集為
《世界でいちばん住みよいところ》一書，更為她的生命做紀錄。莊
子哲學中蘊含豐富的人生哲理，一般而言，是屬於道家而受老子思想
影響的。道家是崇尚自然，認為自然有一定秩序，且此秩序是完善美
好的。於是主張拋棄一切人為主張，而融入於自然之中。[21]鈴木怜子
拋棄外物、崇尚自然性格，實為特殊且與道家思想相似的感受與見
解，外在功名、成績皆空，充實內在心靈、活在當下即佳。

　　鈴木怜子人生觀之性格展現其二，是具備獨立且樂觀進取的人生
態度。此性格造就她與多人新體驗與人際關係之建立，且她內心充滿
好奇，對事物的觀察甚是入微。雜誌採訪中，鈴木怜子自許：「我雖
然老了，但是有目標，覺得充滿希望，我的求知欲還是很強，想要更
了解臺灣。」[22]相關前行研究指出，自強不息、進取豁達本是人生文
化中樂觀（optimism）之智慧傳統，我們需要「長風破浪會有時，直
掛雲帆濟滄海」的樂觀思維來維繫積極的生命信念。[23]邱慎的訪談亦

---

19 邱慎口述、蔡知臻紀錄：〈如何歌頌南風：與邱慎談鈴木怜子〉（臺北市：萬卷樓圖
　　書公司，2020年2月），頁185-192。
20 楊鎮宇：〈鈴木怜子童年憶難忘：灣生思鄉情懷〉，《熟年誌》（2015年12月），頁61。
21 張振東：〈莊子的人生觀〉，《現代學人》第3期（1961年11月），頁99。
22 楊鎮宇：〈鈴木怜子童年憶難忘：灣生思鄉情懷〉，《熟年誌》（2015年12月），頁61。
23 李新民、陳密桃：〈樂觀／悲觀傾向與心理幸福感之相關研究：以大學在職專班學
　　生為例〉，《教育學刊》第32期（2009年6月），頁2。

提及，《南風如歌》一書出版後，臺灣有兩場新書發表暨座談會，臺北場次更邀請作家鄭清文[24]、賴香吟[25]座談，花蓮場次以鈴木怜子與讀者對談討論為主軸。翌年（2015年），邱慎與鈴木怜子同至埔里度假遊玩，住於埔里小鎮的民宿。「青蛙下蛋」，此飲料對臺灣人而言，早已習以為常，且甚為熟知的臺灣在地美食，多數人不因此飲料名稱而有所恐懼或疑惑，但鈴木怜子得知此飲料後，便細心觀察，相當入微，對「青蛙下蛋」充滿好奇之心。

　　回溯殖民地臺灣時期，鈴木怜子小時候居住於臺北市大安區附近，當時臺北與現今現代化的新興都市臺北相差甚遠，回眸鈴木怜子記憶，她看到多次青蛙下蛋的場景。因在腦海中有此記憶之浮現，看到老太太在賣「青蛙下蛋」飲料，彷如與記憶中的青蛙下蛋形貌相似，且具有共鳴，以至她就與賣飲料的老太太買了一杯。爾後邱慎有次於鈴木怜子小住臺中時拜訪她，她就甚是歡喜相告：「我有這個飲料喔，這個是『青蛙下蛋』，那我弄給妳喝。」[26]從此描述與鈴木怜子

---

24 鄭清文（1932年9月16日－2017年11月4日），新北市（原臺北縣）人，出生於桃園。國立臺灣大學商學系畢業，任職華南銀行四十多年，一九九八年一月退休。一九五八年在《聯合報・聯合副刊》發表第一篇作品〈寂寞的心〉，一九六五年出版第一本小說集《簸箕谷》，一九九八年出版《鄭清文短篇小說全集》七卷。一九九九年英文版《三腳馬》出版（美國哥倫比亞大學出版），獲該年度美國「桐山環太平洋書卷獎」（現改名「桐山獎」）；同年該書由麥田出版中文版《鄭清文短篇小說選》。作品以短篇小說為主，多篇作品被譯成英、日、德、韓、捷克、塞爾維亞文。曾獲臺灣文學獎、吳三連文學獎、時報文學獎推薦獎等獎項。二〇〇五年，獲第九屆國家文藝獎。資料來源：鄭清文，《青椒苗：鄭清文短篇小說選3》（臺北市：麥田出版，2012年8月）。

25 賴香吟（1969年7月2－），臺南市人，畢業於臺灣大學、東京大學。曾任職誠品書店、國家臺灣文學館籌備處、成功大學臺灣文學系。曾獲聯合文學小說新人獎、臺灣文學獎、吳濁流文藝獎、九歌年度小說獎、臺灣文學金典獎等。著有《其後それから》、《史前生活》、《霧中風景》、《島》、《散步到他方》等書。資料來源：賴香吟，《文青之死》（臺北市：印刻出版，2016年）。

26 邱慎口述、蔡知臻紀錄：〈如何歌頌南風：與邱慎談鈴木怜子〉（臺北市：萬卷樓圖書公司，2020年2月），頁185-192。

擁有積極態度可看到，她對多種事物甚有好奇心，也與自身在臺灣的
記憶經驗相結合。

談及旅行對鈴木怜子的影響，她反覆思索後認為，其因自我年紀
或其他外務而改變旅行模式，只要外出，她都自行一手包辦。例如，
鈴木怜子來臺接受訪問，住宿、食宿、交通等問題皆由她自己親手完
成，不假手於他人，主要原因是因她甚想讓自己與當地之人、景觀、
事物有所接觸、受其歷歷在目之感。邱慎於訪談感嘆，鈴木怜子曾坦
言，自己最遺憾之處即為不會講華語，只會幾句的臺灣話，且臺灣話
是從其奶媽或小時候臺灣朋友口中習得。這樣的語言習得從中發現，
其實臺灣的語言現象本就隱含相當複雜且多元的變化，複雜情況往往
並非我們這些在臺灣語言定於一尊的國語教育下成長的人憑日常經驗
所能了解的。[27]在殖民地臺灣時期，臺灣人習慣的對話、交談的語言
除於日本國語政策下講日語外，一般生活實踐、或是臺灣人之間則以
臺灣話為重心。從《南風如歌》可得知，鈴木怜子家中奶媽阿岩以及
僕人阿春皆為臺灣人，至使於語言上的溝通，除與鈴木怜子一家人即
使用國語（日本語）對話外，其他時間亦會使用臺灣話。[28]從上檢視，
鈴木怜子為何略懂臺灣話，即受到臺灣人之影響，並且從中習得。

雖說鈴木怜子並非了解華語，但她於旅行時，仍可以自理。比如
有次鈴木怜子從嘉義搭車回臺北的路上，她便與隔壁年輕人用英文交
談，且在短短的時間內熟識對方，也成了要好朋友。鈴木怜子的人生
與學習態度都相當積極，也造就她不管前往何處，於臺灣旅行也好或
是走訪其他二十幾個國家，她皆是如此。例如於旅行過程中，她抵達

---

27 周婉窈：〈臺灣人第一次的「國語」經驗——析論日治末期的日語運動及其問題〉，
　　《新史學》第6卷第2期（1995年6月），頁114-115。
28 鈴木怜子著、邱慎譯：《南風如歌：一位日本阿嬤的臺灣鄉愁》（臺北市：蔚藍文
　　化，2014年），頁46-63。

墨西哥，亦有與墨西哥當地小學生一同上課的經驗描寫。[29]所以從上述例子以及生活的展現得知，鈴木怜子積極、樂觀、勇敢嘗試之人生態度，深具學習典範，無論歲數，都保有一貫對新鮮事物的探索及當地文化的深根了解。

鈴木怜子走訪多個國家，現今也已高齡八十多歲，她回溯這輩子，一直有一個困惑，即為何她存有遠離日本的情緒與狀況？上一章也涉及此分析。鈴木怜子十八歲那年，因不適應日本的社會文化、生活環境，更導致其身體健康受影響，以至取得獎學金後即前往美國繼續求學念書。訪談中邱慎轉述道，鈴木怜子回想省思，最主要原因或許是因從小在殖民地臺灣成長，受到亞熱帶性格之影響，造成個性上大而化之，亦為前章所提之日本人「灣化」現象，所以她「回到」日本相對嚴謹、秩序之社會環境，縱使可接受，但亦不能全盤適應，她更無辦法解讀其他內地日本人之意涵，至使她認為這樣相當寂寞。所以於前述，為何她欲前往其他國家，好似浪跡天涯般的狀態，有時她會覺得，她的人生是否值得？此狀態是好？是壞？可後來她卻意識到，反芻自身的浪跡天涯，對其人生閱歷並非缺點，反而甚好，更豐富了她的人生經驗。[30]也因此她生長在殖民地臺灣，又存有許多跨地生活的經驗，更因她有此項經驗，才能蘊藏豐富的人生。

四　鈴木怜子預期出版計畫

據邱慎告知，二〇一六年始，鈴木怜子因早年脊椎的舊傷復發，

---

29 鈴木 れいこ：《世界でいちばん住みよいところ》（東京都：マガジンハウス，1997年），頁149-174。
30 詳參邱慎口述、蔡知臻紀錄：〈如何歌頌南風：與邱慎談鈴木怜子〉（臺北市：萬卷樓圖書公司，2020年2月），頁185-192。

及腳指外翻導致不良於行。回憶錄中其實已記載相關的訊息，述說因她近日感到腰痛，所以改變走路方式，期望能減少腰部負擔。這是一次她前往宜蘭礁溪溫泉旅行的過程中所提及的心情。

> 我忽略常穿高跟鞋所帶來的風險，以及無視醫師的忠告，因而得到拇指外翻症。對於自己的無知，導致每天起床後進行任何事情之前，都必須優先考量到鞋子的問題。鞋子限制了我的行動，甚至影響到我的精神。要是有雙鞋子能和身體合而為一，該有多好。因為從此可以自由自在，每天起床不再感到痛苦。[31]

鈴木怜子近期身體欠佳，筆者曾於二〇一七年七月二十二日與譯者邱慎通信，邱慎回覆目前鈴木女士受眼疾所苦，連電腦郵件都由女兒代為回覆。所以走訪臺灣的行程亦因被迫中斷，更影響其預計書寫的出版計畫。「我想去南投走訪日治時期一位名為井上伊之助的宗教家、醫師的足跡，他在一九三〇年代曾在南投為原住民看診，我想寫他的故事。[32]」鈴木怜子接下來的創作，本想撰述如何迎接自我之晚年生活，而她的新書寫作計畫，則想前往臺灣南投走訪一日治時期的宗教家、醫師井上伊之助家，並且從事多方田調與紀錄，但就因其不良於行的關係，有所侷限性，至今仍沒有開始動作。邱慎也告知，她相當關心鈴木怜子近期是否有新書出版，但她也都沒有給予正面答覆。

鈴木怜子文學作品，傳記部分較偏向於歷史考證，例如《ワトソン・繁子——バレリーナ服部智恵子の娘》與《日本に住むザビエル家の末裔——ルイス・フォンテス神父の足跡》，目前皆已絕版，日

---

31 鈴木怜子著、邱慎譯：《南風如歌：一位日本阿嬤的臺灣鄉愁》（臺北市：蔚藍文化，2014年），頁176。

32 楊鎮宇：〈鈴木怜子童年憶難忘：灣生思鄉情懷〉，《熟年誌》（2015年12月），頁61。

本也無處可尋。鈴木怜子對史實的採訪、關注與調查都相當認真。
《南風如歌》一書呈現出不同於紀錄片《灣生回家》中的灣生，片中
灣生因無臺灣出生證明與戶籍謄本，所以只單方去找戶籍謄本代表尋
根的意義，取得爾後即甚是歡喜與感動僅此這樣，是否蒙蔽許多關於
臺日歷史交織下的政治意涵與敘事方式？《灣生回家》紀錄片中七個
灣生，呈現出去政治的情感敘事，此處蘊含美化灣生集體群體之趨
向。但鈴木怜子不只著重回憶的紀錄，及其感動、真情流露，她迥異
於其他灣生之處，在於其人文素養、生活經驗與教育背景的形塑，亦
即她先生的記者工作，透過上述得知她的視野與一般灣生有所差異，
呈顯特殊風貌，因觀看視野含括全世界、且開放。訪談最末邱慎強
調，鈴木怜子最期望透過自身之成長背景，以此為基礎爾後繼續延展
她與臺灣的連結與關係，她欲跳脫二戰後集體引揚的悲情敘事與受窘
的歷史回憶，不需沉溺於歷史情境之悲情，乃希冀藉由書寫與走訪讓
臺日之間更親睦。[33]

第二節　敘事觀點與策略

　　回憶錄書寫實則重於書寫者個人立場與意識型態，回憶錄是文學
表達形式之一，這些或為個人自身經驗，或為家庭、社區、族群的記
憶，呈現個人性或集體性的特色。[34]此文類乃以個人為主體，主要記
錄個人記憶中的重要人物、事件和自身對生活中刻骨銘心的感受。這
種當事人、知情者事後的追記，在史料價值上，屬於直接史料的一

---

33 詳參邱慎口述、蔡知臻紀錄：〈如何歌頌南風：與邱慎談鈴木怜子〉（臺北市：萬卷
　樓圖書公司，2020年2月），頁185-192。
34 林淑慧：〈留日敘事的自我建構：臺灣日治時期回憶錄的現代性〉，《旅人心境：臺
　灣日治時期漢文旅遊書寫》（臺北市：萬卷樓圖書公司，2014年），頁297。

種，意即是與已發生的事件有直接關係的史料。其價值自然在非原始、經轉手的間接史料之上。[35]且回憶錄作為一種史料，其內容具有相當豐沛的細節，只要細心閱讀，仔細爬梳，雖說不上是「落花水面皆文章」，但亦不難分辨出一些有價值的觀點與記載，對事件相關的研究能予以必要的補充。[36]回憶錄出版後成為一種社會記憶，因此被視為個人經歷、記憶與社會間的一種對話。[37]所以當我們在研究「個人史」或「個人文獻」之餘，必定需探究書中的敘事觀點如何進行？以及書本編排策略應用及相關問題。

一　文章編排的策略

《南風如歌》一書總共分為四個章節，分別是〈第一章　在多變的歷史夾縫中〉、〈第二章　再訪臺灣〉、〈第三章　真想定居臺灣〉、〈終章　蘊育成長的祖國臺灣〉。從四個章節命名其實可清楚檢視，本書的著重點在於鈴木怜子「臺灣」的回憶及其書寫。〈多變的歷史夾縫〉首先回溯、爬梳父親（中島道一）來臺歷史始末、父親於殖民地臺灣的回憶、自我成長記憶以及戰後引揚回日本祖國等敘述；〈再訪臺灣〉藉由追索、重遊概念，從人物，如公學校老師、郭醫生等；亦旁及地景，如再次前往阿里山並回憶對戰前臺灣的思念；或歷史事件，如二二八事件、霧社事件等，凸顯鈴木怜子對臺灣歷史文化、政事變異等議題的深切關心及親臨走訪後的記憶重構，皆於此章呈現。

35　杜維運：《史學方法》（臺北市：三民書局，1999年），頁155-157。

36　鍾延麟：〈文革相關回憶錄內容特色與史料價值之評析〉，《東亞研究》第37卷第1期（2006年），頁144。

37　林淑慧：〈留日敘事的自我建構：臺灣日治時期回憶錄的現代性〉，《旅人心境：臺灣日治時期漢文旅遊書寫》（臺北市：萬卷樓圖書公司，2014年），頁303。

〈真想定居臺灣〉除寫下自身在戰後重新居住於臺灣的真實感受外，亦把臺灣與其他她曾遊走過的國家做比較，指出臺灣既為最適合她定居的地方，也是她所認定之「故鄉」，且她亦走訪多地如在地公廟、安養中心等地方，再再顯示她「真想定居臺灣」的敘事過程。〈終章〉以簡短的敘述、淺白文字告知讀者，她的性格、想法受到「臺灣」的影響甚深。

此書目的編排，含括描述「臺灣」部分占據三章之多，除爬梳父親與自身殖民地臺灣歷史經驗外，其餘皆涉及「臺灣書寫」，此書寫策略與鈴木怜子的創作初衷具高度重疊性。上節曾分析鈴木怜子為何要書寫回憶錄《南風如歌》，即於她有感現下年輕一輩的日本人，多數人皆無聽聞「臺灣」，有鑑於此她希望藉由創作，讓日本青年重視臺灣與日本之間的關係，進一步了解臺灣與日本歷史縱深與交會，並認識臺灣文化與書寫的脈絡意義。

從四章標題審視，〈再訪臺灣〉到〈真想定居臺灣〉，隱含一種漸進喜愛臺灣之感，但其實鈴木怜子十二歲以前，皆居住於臺灣，已定居十二年之久，以至泛覽標題，好似重新全面認識臺灣，且經過多次的訪臺，爾後愛上臺灣，想定居於此地。此標題設定的寫作策略於第一次看本書並對臺灣了解較少的讀者有所助益，讓讀者用「認識臺灣」的方式接收作者臺灣書寫與記憶重構，此法是為使本書的閱讀者增加的策略與技巧，遂有其操作性與消費性。而於〈終章〉，又隱含一種浮筆，即為〈蘊育成長的祖國臺灣〉的「蘊育」與「祖國」，對於日本閱讀者來說較為突兀且陌生，為何日本人的祖國竟是臺灣？蘊育成長的故鄉是臺灣？從此發現，這皆為鈴木怜子於書寫、設定時的一種策略性，甚是嘆服，除此普遍故事與回憶的傳遞外，亦要閱讀者知道，「灣生」於歷史經驗的特殊性與存在意義。灣生即為認同交錯的族群，分界點在於一九四六至一九四八的引揚回日。邱慎在訪談中

提出，鈴木怜子自覺她人生到現在最主要的關鍵點，即為二次世界大戰剝奪她出生、成長的故鄉（殖民地臺灣），且對她影響甚深。在青春期時出生，家中也非常富裕，臺灣又有南國風情、亦自由且奔放，自己是與大自然一起成長的小孩。但是鈴木怜子十二歲回到自己的祖國日本後，她無法適應日本生活、社會環境，此一大轉變與交錯過程中，因此事使她逐漸意識到自己對認同上的錯亂，到底自己是什麼人？自我身分認同歸屬為何？鈴木怜子認為，因兩者為完全不同環境，且需要適應，對她來說於青春期是一大苦鍊。

二　敘事觀點與論述位置

對許多於殖民地或占領區出生、成長之日本青年而言，日本內地的「故鄉」對他們而言實則為一陌生的異地，相反地，出生成長的所謂「異地」已成為自己的故鄉。[38]洪郁如此論涉及文化與國家經驗的感受。以至閱讀灣生筆下的文學作品，在敘事方面或論述視角、位置即可能與他們自身的故鄉認同或身分焦慮種種因素有所關聯，鈴木怜子更無以避諱，身在其中。書籍出版可謂一種記憶的展現與浮現，如陳芳明所言之：「葉石濤《臺灣文學史綱》的出版，意味著複數記憶的浮現。縱使這冊規模有限的史書還不能與龐大的政治論述相互比並，卻已釋出一個強烈的暗示：被壓抑的許多記憶，就將要在威權體制鬆動之既不斷湧現冒出。」[39]洪郁如亦曾指出，這一本回憶錄最大

---

38 邱慎譯：〈灣生的記憶如何閱讀：我們準備好了嗎？〉，收錄於鈴木怜子著、邱慎譯：《南風如歌：一位日本阿嬤的臺灣鄉愁》（臺北市：蔚藍文化，2014年），頁10。

39 陳芳明：〈複數記憶的浮現：解嚴後的臺灣文學趨向〉，《思想》第8期（2008年3月），頁132。

的特色是，它是複數記憶的集結與對話。[40]本文同意上述觀點，更發現此對話與記憶的交錯在敘事進行過程中呈現出重疊、繁複、多樣性的記憶混聲。複數的對話，在於兩代在臺日人對臺灣的記憶與書寫下之凝聚共同體，作者鈴木怜子離臺時年僅十二歲之臺灣記憶與經驗，同時交織、重疊屬於父親的記憶與思想形塑。

　　本文欲將屬在臺日人父執輩稱為「前世代」，屬於在臺日人子女輩稱為「後世代」，[41]為明白此二世代在記憶與思想上的差異性與特殊表徵，所以本文將此指稱。「前世代」在臺日人大多於青年、壯年期間，既有滿腹之理想與壯志來到殖民地臺灣，頗具滿懷拓展新天地的雄心壯闊。此世代對於臺灣與日本的區別與印象清楚，不如「後世代」，也稱為「灣生世代」，此代出生於臺灣，許多於日本戰敗接受引揚日本母國前，沒踏上過日本內地一步，不然就是印象極為模糊，甚至毫無印象。然「前世代」與「後世代」雖然只間隔數年時間，但於歷史情境、殖民地體驗上就存在明顯差別，所以回憶錄當中，更呈顯出他們於關照點、記憶點之迴異。例如〈父親轉述的二二八事件〉一文，父親大力批判國民政府來臺後對臺灣的種種不友善及毀壞，對於來臺拓墾、經商且心繫臺灣的「前世代」日本人，看到自己孕育的殖民地臺灣現今呈顯出敗壞樣態、退步的苦難情景，無不懊惱、謾罵。鈴木怜子將其寫下，凸顯前世代日本人重視的是臺灣的經濟、民生、現代性等。但鈴木怜子則不然，她更重視自身成長回憶、接觸於臺灣地景、人、事等，更多的是與土地的接觸並撰寫，呈現回憶錄多種記

---

40 洪郁如：〈灣生的記憶如何閱讀：我們準備好了嗎？〉，收錄於鈴木怜子著、邱慎譯：《南風如歌：一位日本阿嬤的臺灣鄉愁》（臺北市：蔚藍文化，2014年），頁16。

41 洪郁如認為屬於在臺日人父執輩的稱為「帝國躍進世代」、屬於臺日人子女輩的稱為「帝國解體世代」。詳見洪郁如：〈灣生的記憶如何閱讀：我們準備好了嗎？〉，收錄於鈴木怜子著、邱慎譯：《南風如歌：一位日本阿嬤的臺灣鄉愁》（臺北市：蔚藍文化，2014年），頁16。

憶的再現與複雜性。洪郁如更解釋，「帝國解體世代」（後世代）整合「帝國躍進世代」（前世代）記憶的形式，並非機械性的拼湊重疊。兒女輩理解著父執輩的青春之歌，也見證了父執輩的帝國夢，但是對父執輩開拓新天地的理想與浪漫，「帝國解體世代」並不是無條件的認同。[42]

　　鈴木怜子撰寫回憶錄時，她企圖於書寫的論述位置有所設定及安排。從中看出她於論述時仍將自己放置於殖民地臺灣的時空情境下，雖說書寫的是當代臺灣的事實與現況，但在無意識的狀況下，她於字裡行間仍出現些許蛛絲馬跡，且有其辯答之討論空間。舉例論之，據日本同化政策問題，當日本移民政府在打造殖民地臺灣時，有時會刻意將制度、環境、景色、房屋等打造近似日本內地之模樣，通曉臺灣人進行日本化之工程之外，亦防止在臺日人或第二、第三代在臺日人有過度「灣化」情形產生，日本政府亦提出誘人福利欲吸引日本人來臺灣打造「本島故鄉」。《南風如歌》中寫到：「你知道嗎？孩子的爹當初滿懷壯志地說要到臺灣發展新天地，當然這也是其中一個原因。但我認為是外派的福利誘人。不但薪水比國內多六成，在臺灣還有各種津貼。我當然希望藉此孝順公婆。」[43]為求後代子孫於臺灣本島打造故鄉的主因是因當局的政策問題。以至日治時期的臺灣社會從政府由上至下打造臺灣為新故鄉的氣氛與環境，深深影響著出生在臺灣的日本人第二代、第三代。鈴木怜子亦受其影響，當時之臺灣（日治時期）與現今臺灣（脫離日本統治）經過五十年的光景定有所差異，鈴木怜子其實也有意識到此事，於設定書本標題時亦運用〈再訪臺

---

42 洪郁如：〈灣生的記憶如何閱讀：我們準備好了嗎？〉，收錄於鈴木怜子著、邱慎譯：《南風如歌：一位日本阿嬤的臺灣鄉愁》（臺北市：蔚藍文化，2014年），頁17。

43 鈴木怜子著、邱慎譯：《南風如歌：一位日本阿嬤的臺灣鄉愁》（臺北市：蔚藍文化，2014年），頁81。

灣〉、〈第二次訪臺〉企圖掩蓋其政治無意識，而不用「回鄉臺灣」等
敏感辭彙，但於文字內容中還是露出馬腳：

> 這個曾經是故鄉的地方，日新月異，令人眼花撩亂。舊家家附
> 近猶記含有泥土芬芳的一大片綠油油的稻田，現都已變成水泥
> 城牆。我家近千坪的土地，也成為政府機關的建築物，莊嚴的
> 聳立在那兒。洪水曾經氾濫過的道路，意外成為寬敞的大馬
> 路，早已不見昔日蹤跡。不過，從高樓大廈間看到的天空，依
> 舊湛藍。[44]

雖鈴木怜子敘述這曾經是「故鄉」之地已跟先前皆不同，但是在最後
一句：「從高樓大廈間看到的天空，依舊湛藍」來看，她論述與書寫
位置仍然停留於「殖民地臺灣」的時候，透露出自身的殖民無意識，
並不是以「現今臺灣、當代臺灣」的位置來觀看臺灣、書寫臺灣，顏
杏如研究亦提及：

> 即便是親訪臺灣，故鄉的身影也都是停留在過去的時間與空間
> 之中……，無論是對「過去」或是「現在」的描述，點點滴滴
> 都在追尋記憶深處孩提時代的身影──建築、事件、聲音色
> 彩。……面對已成異邦的臺灣時，依舊在後殖民空間中尋找過
> 去的空間與足跡，故鄉的身影不隨物換星移，而是留存在文字
> 與記憶中。[45]

---

44 鈴木怜子著、邱慎譯：《南風如歌：一位日本阿嬤的臺灣鄉愁》（臺北市：蔚藍文
　　化，2014年），頁86。

45 顏杏如：〈流轉的故鄉之影：殖民地經驗下在臺日人的故鄉意義、建構與轉變〉，若
　　林正丈、松永正義、薛化元主編：《跨域青年學者臺灣史研究論集》（臺北市：稻鄉
　　出版社，2008年），頁215。

　　《南風如歌》的後記中，提及本書於翻譯成中文出版前原本的日文書名中譯應該是「蘊育成長的祖國臺灣」，上述本文也已提出，而從此翻譯實可看出鈴木怜子論述位置仍從日本帝國視角出發、書寫，她本就侷限將「臺灣」視為「祖國」的一部份，「殖民地臺灣」與「當代臺灣」分別仍沒有在鈴木怜子筆下清楚得知，也從此處發現她書寫下的臺灣記憶，是「殖民地臺灣」而非「當代臺灣」。

　　顏元叔於《社會寫實文學及其他》一書言：「文學效忠於人生，文學是人生的全面研究。當我們知道現代社會是如此被各種理論所抽繹，所歪曲，而各種理論又莫不企圖假借文字為其宣傳，真正的文學卻教我們堅持對人生本體之忠誠。當現代人為各種企圖與追求，自耽於歪曲的畸形的部分的人生觀，文學的創作與閱讀，促使我們面對人生的全面。因此，在這樣一個偏頗狂亂的時代裏，堅持文學的目的與功用，看似迂闊，實在是最迫切的事。」[46]顏元叔迫切指出文學與人生的密切關係，且強調文學閱讀對人生社會的關照面向，就如《南風如歌》一書的編排、整體內容與呈現方式，皆是直面再現灣生鈴木怜子的生命過程，更呼應顏元叔對文學與社會之間的互動與彼此的重要性。

第三節　人物形象的刻劃

　　綜觀《南風如歌》一書，其中蘊含多類人物形象，部分人物與鈴木怜子的關係不盡相同，或為她生活周遭、附近的人，或為她所要描述、批判的公眾人物。林淑慧指出，將人物建構視為層層相連的樹狀

---

46 顏元叔：〈文學在現代社會能做些什麼？〉，《社會寫實文學及其他》（臺北市：巨流圖書公司，1978年），頁122。

架構，其組成元素是已逐漸增加的統合力量分類，再聚合起來。[47]然在剖析敘事描寫之手法，若干人物僅只略略帶過，並未詳細刻劃與描繪，而若干人物則描繪得有聲有色、形象動人，這是為何？或有意圖使某人形象在此段落出現，產生其敘事性，其是否有特殊策略與操作性？上述皆待於本節處理與探究。

敘事學理論，強調故事與故事間之敘事性與情節舖陳的形式變化，於人物描寫上有部分為配合故事的節奏、情緒等而有所強調或忽略。《南風如歌》對人物的描繪功夫甚深，且有許多篇目篇名亦以「人物」為撰述核心，例如〈我的奶媽阿岩〉、〈郭醫師口中的日本〉、〈被時代捉弄的李醫師〉等皆然。本節討論將從歷史人物、醫師及教師為核心，探究《南風如歌》用何技法記錄人物及相關論述、刻劃。如應探討一書之書寫策略，本文強調「人物」的討論有其文化脈絡與書寫意義，假設一書若無人物之存在，必定影響書中的情節與敘事。

一　歷史人物的再現

《南風如歌》所提及之歷史人物，本節首要討論蔣介石及其部隊。書中第一篇〈從上海到臺灣，父親所遭遇的骨牌效應〉一文蔣介石部隊就已出現，然出現之方式呈現有其特殊性，因其是再現於父親中島道一眼中：

　　當時的中國，群雄割據，興起一股革命風潮。父親曾親眼目睹從廣東北上的蔣介石便衣隊，和激進派的勞工一起攻擊中國警

---

47 林淑慧：〈《自由中國》所載臺灣跨界遊記的敘事策略〉，《再現文化：臺灣近現代移動意象與論述》（臺北市：萬卷樓圖書公司，2017年），頁275。

察的畫面。[48]

中島道一尚未來到臺灣前，已從一九二二年開始於上海「日華紡績株
式會社」工作，因此，中國內地之鬥爭情況，中島道一是可知曉、聽
聞的，以至記憶中更能呈現歷史洪流與時代背景之意義與現況。然當
時於中國上海，工人之罷工事件頻頻傳出，中島道一管理的日華紡績
株式會社也多次爆發衝突事件。根據《南風如歌》所載，係稱一九二
五年於上海英國租界區英軍對罷工工人開槍事件，亦即所謂的「五卅
慘案」，是促使反帝國主義揭竿而起之愛國運動，越來越盛行。從此
部分可得知當時上海呈顯動盪不安的狀況，蔣介石開始針對國民黨內
部左翼團體和共產主義份子採取掃蕩行動。「協助老蔣共同抗戰的勞
工，事後非但沒有給予任何的機會，反而遭到解散的命運。這次的突
擊戰結果，使蔣介石幾乎統一全中國。」[49]鈴木怜子於句中大力批判
蔣介石無情與狹窄心胸，無給予一同抗戰勞工機會，此為另一人物刻
劃，且是於性格、內心描述與再現的方式。上述事件即為蔣介石於一
九二七年中國上海引發「清黨」事件，「日華紡績」就在清黨事件後
的一九三一年遷至臺灣。據黃金麟的研究提醒，清黨研究一直是具有
高度爭議性的歷史課題，但不論是臺灣、中國、或是海外出版的作品
中，清黨當被當成是件單純的反共事件來看待。[50]所以在日本人筆下
的清黨事件，更要注意其書寫與論述位置之特殊性。

蔣介石以中國北京為據點，從一九二六年起十年，是其豐收的期

---

48 鈴木怜子著、邱慎譯：《南風如歌：一位日本阿嬤的臺灣鄉愁》（臺北市：蔚藍文
化，2014年），頁29。

49 鈴木怜子著、邱慎譯：《南風如歌：一位日本阿嬤的臺灣鄉愁》（臺北市：蔚藍文
化，2014年），頁29。

50 黃金麟：〈革命與反革命——「清黨」再思考〉，《新史學》第11卷第1期（2000年3
月），頁100-101。

間，一九三七年盧溝橋事件，實為中日兩國甚是嚴重的一次爆發與全面性戰爭。國民政府節節敗退，因日本帝國強盛。一九四五年十月，中日戰爭結束後，國民黨與共產黨曾簽署雙方治國同意書，卻於隔年破局，引發戰爭，即所謂「國共內戰」。鈴木怜子在此描述蔣介石政權與毛澤東政權，皆是相對客觀的歷史陳述。

〈我的奶媽阿岩〉一文中，也有提及蔣介石，在文章後半講述到鈴木怜子小時候相當害怕警察以及看到警察局：

> 我常常看到被警察逼問到垂頭喪氣的男人，或是被打耳光的年輕人，其腳踏車甚至還被踢倒在地。所以每當經過警察局時，小孩子們都會加快腳步，匆匆離去，而且還要避免與警察正面相視。[51]

上述引文可看到當時警察於殖民地臺灣之威權與勢力的象徵，藉由小孩視角的技法描寫更顯得恐怖與諷刺。然於鈴木怜子記憶中，仍有件事令她感到困惑與莫名，即有次她父親之友人，竟被帶到警察局。原由只因那位友人「長得像蔣介石」，且警察信以為真，實則荒謬。據鈴木怜子描述，警察的態度相當認真，以至她的結論相對諷刺，在於原來蔣介石有名，但這「家喻戶曉」之感是好？還是不好？鈴木怜子亦無多加闡釋，更予讀者相對寬廣的思考空間。

細探〈對小島的大期待〉一文，鈴木怜子先爬梳臺灣從荷治時期之統治事實，及清朝對臺灣是塊「化外之地」的治理態度，緊接是於一八九五年甲午戰爭將臺灣割讓予日本帝國。爾後日本帝國開始於臺

---

51 鈴木怜子著、邱慎譯：《南風如歌：一位日本阿嬤的臺灣鄉愁》（臺北市：蔚藍文化，2014年），頁51。

灣治理多項建設與制度更新，含括導入電信、鐵道、上水道等基礎建
設，鈴木怜子坦言其開發程度甚至不亞於日本國內，可見作者對於日
本對臺灣不偏私與建設積極。許多日本前輩先進，皆努力為殖民地臺
灣付出心力、勞力，鈴木怜子剖析臺灣總督府技師八田與一，訴說他
為灌溉嘉南平原田地，花盡十年光陰建設烏山頭水庫及其周邊灌溉用
水。一九二〇年完工之後，使農作物收成瞬間加倍。鈴木怜子頗具細
心的描繪八田與一的專業與智慧，因他考慮到臺灣之地理位置，位在
歐亞板塊地震帶，以至於水庫堤防建設上花費不少功夫。反望當時，
此大規模的工程建設，如回望日本內地，實亦相當稀少，可見八田與
一的能力、企圖心與工程規畫相當強，鈴木怜子也給予高度肯定與
讚美。

　　不幸的是，八田與一因公前往菲律賓途中，遭遇美軍魚雷襲擊身
亡，其夫人亦於戰後追隨丈夫跳水自殺。回眸八田與一的敘述，鈴木
怜子是以「事蹟」再現八田與一此位於殖民地臺灣甚是重要的歷史人
物，且給予高度的正面評價，相較於蔣介石，她亦有些許批判，並在
文末述說八田與一意外身亡，運用一則傳聞做結：

　　　　據說少了主人的八田寓所，牆上依舊懸掛著描繪烏山頭水庫的
　　　　壁毯，庭院的波斯菊則依然綻放。
　　　　「傾注一生與建水壩之人已逝，惟有波斯菊，搖盪在秋風
　　　　中。」——中島梢子（鈴木怜子的母親之作品）。[52]

鈴木怜子運用傳聞做結，且引用其母文學創作作為補充，實為以「歌
詠式」角度歌頌八田與一，就算已先行離開，但永存大家心中之感懷。

---

52 鈴木怜子著、邱慎譯：《南風如歌：一位日本阿嬤的臺灣鄉愁》（臺北市：蔚藍文
　　化，2014年），頁35。

　　歷史人物於文學作品中之再現問題，常加入作者對於此人之主觀評價與意識型態，然藉由評價事件與人物，與現代社會對話，蘊含歷史時間的思維。[53]追索蔣介石、八田與一之例就可明顯得知，此亦使筆者觀察鈴木怜子於描繪不同歷史人物時所採用技巧方法實為不同，蔣介石是通過中島道一眼中的再現路徑，及鈴木怜子批判、諷刺過程而重構出來；八田與一則以功業、事蹟的表揚與正視，加上文學作品歌詠而再現敘述之。此亦凸顯鈴木怜子蘊含高超的文學技巧與學識涵養，更呈顯其特色。

二　時代命運下的醫師

　　回望鈴木怜子筆下記錄的兩位臺灣醫師於戰前至戰後生命經歷與人生轉折。郭維祖醫師所學為西方醫學、然李公裕醫師學中醫，分別於書中〈郭醫師口中的日本〉、〈被時代捉弄的李醫師〉兩篇文章論及。二〇〇七年初夏，鈴木怜子為拜訪高齡八十六歲、精通日語的郭醫師而抵達臺灣，郭醫師於日本東京帝國大學醫學系畢業，本文主撰述集中討論一九四三年郭醫師發生船難事件及其歸國（臺灣）後遭遇的二二八事件。郭醫師於自家公寓與同為醫師的夫人，「優雅地」並排端坐沙發上。「和藹可親」地敘述一九四三年三月十六日，他二十一歲時所遭遇到之船難事件。「優雅地」、「和藹可親」為鈴木怜子用以形容郭醫師的詞彙，可見刻劃訪談時之郭醫師樣態與狀況，直面敘述，呈現既優雅又氣質的人物形象與郭醫師。郭醫師曾說到：

53　林淑慧：〈《自由中國》所載臺灣跨界遊記的敘事策略〉，《再現文化：臺灣近現代移動意象與論述》（臺北市：萬卷樓圖書公司，2017年），頁288。

　　對年輕的我而言，臺灣是我的故鄉，卻也是日本的殖民地，其
　　中九成以上的臺灣人是從中國大陸渡海而來的漢民族。若以日
　　本的角度觀之，殖民地是國家繁榮的象徵；但若以被殖民者的
　　角度來看，最終要求自由及平等是合情合理。此外，日本進攻
　　中國，對和兩國皆有密切關係的臺灣，是很大的打擊。有如雙
　　親吵架般的，難以勸解。[54]

郭醫師將自我年輕時遇到的故鄉認同問題直接陳述出，亦講述臺灣、
日本與中國密切之關係性及其不可分割性。以至郭醫師存有「改造迷
茫的日本」與「抵抗頑固的日本」之間徘徊不定，他時常想像自我身
為漢民族的臺灣人，欲從事些什麼？他亦強調，大學前公學校畢業
後，就讀臺北二中（今臺北市成功高級中學），臺北二中即以臺灣人
為主之學校，占八成之多，但前往臺北高校（今國立臺灣師範大學）
進修時，臺灣人只剩二點五成，但仍培養許多優秀人才。臺北高校為
現國立臺灣師範大學前身，培養多位優秀臺灣人，如前總統李登輝、
行政院副院長徐慶鐘、立法院長劉闊才、實業界辜振甫、文學界王育
德、邱永漢等人。[55]成績優秀的臺灣年輕人除留在臺灣繼續發展外，
常以日本大學為其目標，另開一路，然多為富家子弟。日治時期含括
多數臺灣人於日本大學順利取得學位，數量與實力皆不容小覷，以至
郭醫師強調，此即「臺灣的能量」，然他亦希望臺灣人能有所貢獻，
如同自處之環境與思考般。

　　一個人物的言語，不論是「對話」或沉默的心靈活動，敘事者都

---

54 鈴木怜子著、邱慎譯：《南風如歌：一位日本阿嬤的臺灣鄉愁》（臺北市：蔚藍文
　化，2014年），頁125。
55 蔡錦堂：〈「臺北高等學校」校史研究與教學〉，《國民教育》第53卷第2期（2012年
　12月），頁29。

可以透過這個語言的內容或形式，來彰顯人物的性格特徵。[56]鈴木怜子與郭醫師談及二二八事件，突然郭醫師聲音好似稍微沉重，且置換坐姿。書中有此動作敘述，誠然顯示郭醫師對此事在心中所占的重要性與意義深重，且需嚴肅面對，聲音才顯得低沉，並換了坐姿。與郭醫師討論過程，鈴木怜子亦在乎郭醫師的一舉一動，更撰述於書中，讓此談論過程有所起承與轉折，亦刻劃出郭醫師樣態與寫作技法之高展現。

> 那段時期，為了掩護加入『徹底抗戰組織』的弟弟，總是偷偷地上山送糧食，給予支援。
> 郭醫師露出不想延續話題的表情，默不吭聲。
> 此時，基督教徒的郭醫師收回滿面笑容，嘴巴緊閉成一字型，眼睛直視著我，動也不動。[57]

郭醫師弟弟於當時被迫加入政黨（共產黨），且被分配至特務機關單位，一九五一年時因密告，被軍隊發現慘遭收押。雖說戰後之際身為哥哥的郭醫師選擇從醫，亦受到弟弟影響與波及，他亦迫不得已為國民政府軍御醫。與鈴木怜子交談過程中，述說他對多項政策、現實社會之暴力控訴與批判意義，剖析回憶時，皆不禁露出兇惡之神情，這些情緒、個性的展現，說明統治殖民地日本、來臺後肆無忌憚又毫無秩序的大陸軍隊、以戰勝國為傲的部分臺灣人等，綜觀若干人類之自

---

56 林淑慧：〈《自由中國》所載臺灣跨界遊記的敘事策略〉，《再現文化：臺灣近現代移動意象與論述》（臺北市：萬卷樓圖書公司，2017年），頁278。

57 鈴木怜子著、邱慎譯：《南風如歌：一位日本阿嬤的臺灣鄉愁》（臺北市：蔚藍文化，2014年），頁127、頁130、頁131。

私、傲慢及混亂，如巴別塔般[58]，是將被摧毀的。同郭醫師之歷史背景相似，他被教育成日本人醫生，亦被剝奪臺灣話的母語。國民政府來臺後，卻又被迫使用北京話，同時仍要庇護具有共產黨主義思想的弟弟。他背負許多沉重歷史，只為在當下能夠生存、活下。反芻郭醫師之人生經驗，好似看到一位隨著時代變化而存活的百變醫師。

李醫師亦有著豐富人生經歷，李公裕醫師是鈴木怜子十多年來仰賴健康的中醫師，二○一一年初鈴木怜子決定回臺灣探望，是因為維持身體的健康，鈴木怜子每年皆會來臺灣找李醫師把脈問診。

> 來到二樓，有一扇堅固的鐵門，透過門上的鐵格子，我和房內近九十歲的李醫師對看了一眼。
> 房間的一角，放了張簡樸的桌子，坐在桌子前的李醫師對著我招手。他緩緩地替我把脈，叫我留意腰部的舊傷以及眼睛的疲憊，其他則無大礙。我聽了如釋重負，充滿信心。[59]

引文敘述李醫師中醫診所概況，簡單且樸實，鈴木怜子亦呈現看診現況，加上李醫師的動作，展現出九十歲樣態。李醫師生長於二次世界大戰強制接受日語教育的世代，因此鈴木怜子與李醫師能使用日語溝通。鈴木怜子感嘆，李醫師現在和藹可親，總是面帶微笑，完全無法聯想到他竟有如此多元、悲慘等人生經歷。

李醫師曾於少年時期擔任日本少年工，此亦是皇民化運動部份政

---

58 巴別塔是諾亞方舟的大洪水過後，原本擁有同樣語言、過著幸福快樂生活的人類，為了更靠近天主，建蓋了一座通天的高塔──巴別塔。天主為了懲罰人類的傲慢，把高塔摧毀，讓人類從此之後使用不同的語言。鈴木怜子著、邱慎譯：《南風如歌：一位日本阿嬤的臺灣鄉愁》（臺北市：蔚藍文化，2014年），頁131。

59 鈴木怜子著、邱慎譯：《南風如歌：一位日本阿嬤的臺灣鄉愁》（臺北市：蔚藍文化，2014年），頁140-141。

策，學校老師也積極鼓勵孩子參加學徒動員行列。參與五年之後不但可取得舊制中學文憑，回到臺灣也能以技術人員身份繼續工作。李醫師於當時擔任兄長的角色，協助學徒減輕臺灣鄉愁。戰後，李醫師安抵臺灣，雖在日本賺取許多費用，經濟資本亦相當優渥，但回臺兩年後，遭遇蔣介石國民黨政府投下的思想鎮壓彈——白色恐怖。受過日本教育者皆被視為反派。但李醫師卻無考慮回日本，反而前往中國大陸學習語言。以至李醫師即隱姓埋名，快速離開臺灣，於中國大陸學習中醫。他使用多個名字，包括「李公裕」、「林公裕」、「李江裕」，李醫師並不在乎，因太多名字，已無所謂。鈴木怜子坦承，體認此經歷道盡李醫師半輩子之人生心酸，躲躲藏藏，又裝聾作啞，改姓名不讓他人發現。鈴木怜子把李醫師人生經歷與他現在微笑看淡事物之個性做對比，凸顯李醫師性格特色且加以描寫，呈顯反差敘事之模式，這亦是人物描寫重要技法，刻劃出人物的靈性與特殊性格。

三　日籍教師的教學經驗

鈴木怜子於某次追尋自身已故母親相關資料與參與的歌會[60]活動，亦聽聞母親歌會的好友：居住九州大分縣竹田市的工藤守道賢伉儷。〈拜訪前「公學校」的工藤老師〉一文鈴木怜子敘述工藤老師及其太太戰後返回日本的心路歷程，藉此詳盡描述工藤老師「教育形象」及「歷史經驗」。

工藤老師為何會至殖民地臺灣進行教育工作，即因日本帝國推始皇民化運動，須有日籍教師來殖民地臺灣進行臺灣人之皇民化，然其妻惠子夫人亦說到：

---

60 按邱慎所註，歌會即為多人聚集在一起共同賞析短歌之集會。

你知道嗎？孩子的爹當初滿懷壯志地說要到臺灣發展新天地，當然這也是其中一個原因。但我認為是外派的福利誘人。不但薪水比國內多六成，在臺灣還有各種津貼。我當然希望藉此孝順公婆。[61]

從惠子夫人此段敘述可得知，來臺灣教學的最大原因，應是來到臺灣福利與津貼甚多且相當吸引內地人，以至工藤老師一家人決定來到臺灣。日本統治臺灣期間，與經濟上屬於日本資本之資本主義化，於教育上則以推行日語的近代教育化，即在教育制度、實施上與日本資本雷同，假借國家權力移植於臺灣。殖民地臺灣之教育方針是國語（日語），此不僅是教育手段，亦是主要內容。一九一八年明石總督上任之際，明言以同化為施政之方向，此後確立了以國語教育及國民道德教授為普通教育根本，欲以教育力量同化臺灣人與原住民。[62]工藤老師實對皇民化政策仍有些許微詞，但既已來到臺灣，亦只能隱藏心中矛盾與不確定性。最初所任教的學校為觀音寺公學校（今桃園市龜山國民小學），任職時間為三年，因於公學校教授日語，教導之學生是只會講臺灣話的孩童，而於戰爭將結束時，轉任桃園家政女校教師（今桃園市桃園高級中學），前後共來臺八年之久。

　　日本戰敗後，本滿懷熱情來臺灣教學的老師們，多麼希望、企盼自己學生能夠與日本內地學童擁有同樣教育水準，且對此充滿信心，工藤老師即有此想法，但戰後引揚回日本，一切都改變、不能同日而語。惠子夫人回憶起戰敗後的日子，述說他們每月亦寄錢、寄食給在

---

61 鈴木怜子著、邱慎譯：《南風如歌：一位日本阿嬤的臺灣鄉愁》（臺北市：蔚藍文化，2014年），頁81。

62 矢內原忠雄著、林明德譯：《日本帝國主義下之臺灣》（新北市：吳三連臺灣史料基金會，2014年），頁157、頁165。

日本的公婆，實現來臺之初想孝敬父母的心願。但於戰敗回國之時，反而卻投靠公婆，感到可笑且諷刺。

工藤老師於戰後返回日本後，先前教導的學生仍非常想念他。一九六一年初冬，其中一位學生終於找到工藤老師的聯絡方式，郵寄信件。工藤老師想起此生出身貧困家庭，亦憶起每周六老師固定都會前往學校進行家庭訪問，此生皆會緊握工藤老師雙手，捨不得老師離開。寫信的學生就於當時開始協助大家所仰慕的工藤老師進行募款，八年後募集一筆資金，足夠供工藤老師與師母來臺一個月時間。臺灣於國民政府管制之下，一九四七年實施戒嚴，尤其對日本人來臺此事進行甚是嚴格之管制，鈴木怜子亦驚訝，工藤老師竟能於一九六九年順利再訪臺灣。緊接他亦憶起戰後事情：

> 那時的學生頗為老實、又天真可愛。戰後我們一家被迫離開公家宿舍時，就有家長表示願意提供我們住宿。等我們需要典當過日子的時候，也有家長拿來一大桶的醃漬品，要我們拿去賣。[63]

書中亦提及另一例：鈴木怜子曾親眼目睹學校某位教師，於椰子樹蔭底下，把餐具排排放於草蓆上，與客人互罵似的討價還價。鈴木怜子當時緊抓母親往前走，母親不願讓鈴木怜子看到此幕，因深怕於我們心目中對老師崇拜的形象，因而破滅。從上例能看到戰後初期苦難經歷與痛苦。從戰後學生們自主募款，希望工藤老師再訪臺灣的想法實踐，加之工藤老師回憶多數學生對待自己甚好及協助，此敘事手法凸

---

63 鈴木怜子著、邱慎譯：《南風如歌：一位日本阿嬤的臺灣鄉愁》（臺北市：蔚藍文化，2014年），頁83。

顯工藤老師性格與為人、為師甚是成功。洪郁如曾提醒，鈴木女士述及日人教師投注臺子弟身上的教育熱誠，也提醒讀者注意當時教育制度與資源的不平等。[64]書中亦提到，許多公學校任教的日籍老師，對臺灣學生仍存有差別待遇，以至學校生活對臺灣學生來說，未必皆快樂。不過如工藤老師會利用假日時間協助程度較差學生進行免費輔導亦有。然因工藤老師用心教導，使學生認同此位日籍教師，且戰後無償協助老師返回臺灣等。工藤老師對學生無差別待遇之無私付出，感動甚多學生，於書中提及較少工藤老師事蹟，多以學生角度占大多篇幅，此即為另一種「側面烘托」之人物描寫敘事法，不直接道出此老師之好，反藉由學生、家長對老師態度與協助使老師為師成功於書中再現。

日後因工藤老師年歲漸長，身體健康大不如前，一九九三年鈴木怜子於「朝日新聞」西部版面得知工藤老師逝世的消息，享年八十三歲。使得鈴木怜子甚是驚訝，即為她於閱讀相關報導時，看到記載臺灣公學校受教的其中一位學生，雖僅授三年，竟為探望恩師前來日本竹田市，且於醫院陪同數天。爾後亦有數位學生為探望老師特地來訪，學生們也都參與老師告別式。從這些學生關愛與跟隨，即因工藤老師人格、特質及對學生關愛與照顧，學生們都能身受感動，品格修養亦突出，對一位教師而言，能使自己學生走向更好的路，是為師最期待且重要之成就感來源。從工藤老師的描繪與敘事，使之了解鈴木怜子於描寫人物時使用的方法、技巧，雖看似平常的書寫與敘述，但其中所蘊含之文學素養甚高且深。

---

64 洪郁如：〈灣生的記憶如何閱讀：我們準備好了嗎？〉，收錄於鈴木怜子著、邱慎譯：《南風如歌：一位日本阿孃的臺灣鄉愁》（臺北市：蔚藍文化，2014年），頁17。

第四節　再現文化差異

　　研究日治時期回憶錄現代性時，林淑慧曾指出回憶錄透露一些過去的事件，這些研究素材不僅呈現個人參與社會的經歷，亦蘊含文化價值觀及認同等議題，值得後人再加探索。[65]此節延續林淑慧從敘事角度看臺日文化差異的研究視域進行《南風如歌》分析。鈴木怜子運用觀看臺灣與日本文化差異性作為書寫〈第三章　真想定居臺灣〉之敘事策略，有其策略性及目的性，一部分在於她想把於臺灣看到的一切分享給多數日本青年所熟知，另一部分則藉此書寫展現她對臺灣的熱愛與引發之鄉愁感受。也可以說，風景像是一面鏡子，在觀看的過程中，我們不斷辨識出自己熟悉與不熟悉的景物，並且隨著每個人的解讀能力與當時的心性，風景展現出不同的面貌，這也就是「境由心造」的意思。[66]3-1表格呈現《南風如歌》文化差異的再現，主要分為物質文化、精神文化與社群文化三部分：

表 3-1　《南風如歌》文化差異的再現

文化比較		臺灣	日本
物質文化	擦皮鞋	1. 吃鳳梨糖 2. 修整費用低	1. 喝清酒 2. 修整費用高
	飲食	1. 生魚片切法較厚 2. 吃壽司使用筷子 3. 筷子使用不嚴謹、玩弄筷子 4. 裝菜餚多用大盤子	1. 生魚片切法較薄 2. 吃壽司不使用筷子、多用手 3. 使用筷子的方式與限制嚴格 4. 菜餚分裝為主

---

65 林淑慧：〈留日敘事的自我建構：臺灣日治時期回憶錄的現代性〉，《旅人心境：臺灣日治時期漢文旅遊書寫》（臺北市：萬卷樓圖書公司，2014年），頁314。

66 林淑慧：〈跨界的迻譯：以《臺灣教育會雜誌》漢文報為探討範疇〉，《旅人心境：臺灣日治時期漢文旅遊書寫》（臺北市：萬卷樓圖書公司，2014年），頁354。

	文化比較	臺灣	日本
		5.會食用生魚片旁擺放的白蘿蔔、海藻等配菜	5.不食用生魚片旁擺放的白蘿蔔、海藻等配菜
精神文化	信仰	崇拜多神論	一神論
社群文化	日常生活	1.行人走路時的禮讓，多會禮讓年長者 2.櫃檯小姐的笑容少 3.搭乘大眾交通時對老人家的尊重而讓位	1.行人走路互相禮讓 2.櫃檯小姐常面帶微笑 3.客人來訪時皆會將其鞋子擺放整齊 4.喝茶時用另一手拖著杯底

　　從表3-1的呈現，可以發現物質文化與國民性有密切的關係，林淑慧曾討論顏國年的歐美旅遊中觀看到的物質文化，以及對國民性的分析與討論，包括德國的飲食文化、英美的衣著、美國及日本的建築、和美國的自動車。[67]日本建築呈現小而舊式，是先建屋再鋪路的情況，顏國年則批評這是沒有先做好規畫的場景。鈴木怜子戰後來訪臺灣定居時，觀察臺北街頭擦皮鞋的大叔，她描述此位大叔約莫七十歲左右，身材消瘦，幾乎只剩皮包骨，曬黑皮膚和著身的白襯衫呈現強烈對比，她感到相當不捨：

　　　　對著停住腳步的我，大叔用手指著我手上的購物袋，以肢體語
　　　　言顯示要我儘快遞給他。以他的年紀，照理應該懂得些日語，
　　　　但大叔卻完全不懂，英語似乎也是不通，想必是來自中國大陸

---

67 林淑慧：〈實業家的行旅：顏國年《最近歐美旅行記》的現代性體驗〉，《旅人心境：臺灣日治時期漢文旅遊書寫》（臺北市：萬卷樓圖書公司，2014年），頁251-253。

的外省人。[68]

上引文鈴木怜子述說自我與擦皮鞋大叔實於身分位階、種族與族群極為迥異，語言溝通亦然，一方使用國語（華語）、一方使用日語。但鈴木怜子仍將其脫落涼鞋底的涼鞋遞予大叔，大叔修整涼鞋的情景：「在大叔的右方，放了另一個沾滿油漬的木製工具箱，箱子的四角已被磨損。這個景象，和我年輕時在東京街頭看到的擦鞋匠，似曾相似。」[69]此場景使她憶起於日本東京對擦鞋匠的記憶，然憶起似曾相似，但依然有文化上根本的差異。修鞋過程中，鈴木怜子使用日語單方屢次自言自語，大略即言希冀鞋尖之處應黏好、加上氣墊等。突然之間，大叔即丟出顆「鳳梨糖」，用手指向嘴巴，請鈴木怜子吃糖。此情景使鈴木怜子道出於東京與臺北鞋匠文化上不同，及價錢差異：

> 回想起年輕時在東京的街角，擦皮鞋的大叔為了驅寒，拿起放在身旁的酒瓶，要我乖乖地喝下燒酒的痛苦往事。看來我跟擦皮鞋的大叔還挺有緣的。
>
> 修鞋的費用和日本比起來相當便宜，我付了大叔六百日圓。說時遲那時快，大叔已將四顆饅頭跟修好的涼鞋一同塞進我的手提包。[70]

日本地理位置與氣候因屬溫帶地區，以至冬天時溫度甚低，需準備許

---

68 鈴木怜子著、邱慎譯：《南風如歌：一位日本阿嬤的臺灣鄉愁》（臺北市：蔚藍文化，2014年），頁161-162。

69 鈴木怜子著、邱慎譯：《南風如歌：一位日本阿嬤的臺灣鄉愁》（臺北市：蔚藍文化，2014年），頁162。

70 鈴木怜子著、邱慎譯：《南風如歌：一位日本阿嬤的臺灣鄉愁》（臺北市：蔚藍文化，2014年），頁163。

多禦寒、驅寒的物品及食物，加上鞋匠之工作環境大多於無遮蔽物地方或騎樓下狹窄空間，以至以「清酒」當作解饞、驅寒飲品相當恰當。反觀臺北，地理位置處日本南方，氣溫與氣候相較甚熱，以至預備之食，亦不需特別準備或有特殊功用，許此位大叔就屬愛鳳梨口味糖果，且與鈴木怜子分享、食用。鈴木怜子提到臺北修鞋費用與日本相比便宜很多，還收到四顆饅頭。回憶錄中記載，本鈴木怜子想推辭收下饅頭，不料大叔還想多送一顆予她，然因語言上的溝通不便，即互相比手畫腳、看似默劇方式結束此次邂逅。鈴木怜子感受到：

> 無聲的對話，讓人更有餘力探究對方的心意，帶來意想不到的樂趣。在回家的路上，剛好發現一家好吃的豆花店。心想，下次可帶點去跟大叔分享。我把擦皮鞋大叔加入好友名單，開始異國的獨居生活。[71]

短暫修鞋過程，鈴木怜子就結識此位「好友」，亦從中觀察擦鞋文化中的不同與差異性。

臺灣宮廟文化亦讓鈴木怜子感受甚深，覺得甚是特別。起先她觀察宮廟的外觀雄偉、具有「龍」的威風感：

> 遠離商圈處，有座彎曲的紅頂廟宇。屋頂上端，有對看似吐著火焰的龍，互相對看。四足的一對前爪卻緊緊地抓住屋頂的瓦楞，後足則宛如反作用般地，氣勢兇猛的往空中高踢。這兩對雙足，更能顯出龍的威風。[72]

---

71 鈴木怜子著、邱慎譯：《南風如歌：一位日本阿嬤的臺灣鄉愁》（臺北市：蔚藍文化，2014年），頁163-164。

72 鈴木怜子著、邱慎譯：《南風如歌：一位日本阿嬤的臺灣鄉愁》（臺北市：蔚藍文化，2014年），頁165。

從廟宇外觀描述中可發現，呈現「龍」意象與標誌是鈴木怜子關注的對象，亦說明龍的威猛與氣勢如虹。賴沛君研究指出，龍與虎形象運用早在中國部落時期出現，之後分別興盛於皇室和民間，人們以它們之特性、威嚴和靈氣來祈求風調雨順、平安健康和避邪。[73] 然除外觀外，鈴木怜子亦敘述寺廟文化帶給她的衝擊與新鮮感，例如她直言人們進入寺廟參拜神明前，總先於戶外祭拜天公，對天空神表達敬佩感謝之意，此舉對鈴木怜子來說甚有內涵。她亦觀察宮廟階梯直中段兩旁，放置一對石獅，看到兩頭獅子眼瞪視參拜者，彷彿示威一樣。臺灣寺廟多重視雕塑與裝飾，所雕飾的動物類行為龍、鳳及石獅最多，獅子形象早已融入中華文化，成為神格化的吉祥瑞獸及寺廟門前的守護標誌，寺廟左邊腳踩繡球為雄獅、右邊為雌獅與幼獅。[74] 石獅擁有身負保護、守護宮壇的重任。緊接是鈴木怜子看到「筊杯」的形容與情景：

> 在誦經師父的後方，有一位中年男子將筊杯丟出，針對自己的心願，祈求神明的開示。筊杯是半月型的木片，略似將圓圓的日式甜點「饅頭」壓扁的模樣。男子似乎得不到神明的具體答案，而不斷地重覆擲杯。[75]

「筊杯」為臺灣民俗文化，對鈴木怜子來說甚是特別，筊杯是用來求得神明旨意，擲筊杯乃是人與神佛溝通請示的方式，筊杯的材料是木頭或竹頭，經過工匠削製成新月的形狀共有兩片，並有表裡兩面外凸

73　賴沛君：〈寺廟龍虎堵之賞析〉，《藝術欣賞》第8卷第2期（2012年9月），頁193。

74　藍麗春：〈寺廟門庭石獅造型來源探析〉，《嘉南學報（人文類）》第36期（2010年12月），頁655。

75　鈴木怜子著、邱慎譯：《南風如歌：一位日本阿孃的臺灣鄉愁》（臺北市：蔚藍文化，2014年），頁167-168。

內平的成對器具，筊杯的凸出面稱為「陽」，內平面稱為「陰」，若一陰一陽叫做「聖杯」；二陰稱為「笑杯」；二陽稱為「壞杯」。[76]她以「筊杯是半月型的木片，略似將圓圓的日式甜點『饅頭』壓扁的模樣」形容筊杯外型，獨具自我的個人風格。然她提及，臺灣人崇拜多神論，例如道教、儒教、佛教等。主都是向神明祈求現世願望，而著名的神明據說即多達四百五十位，以至在信仰文化上之差異性，臺灣為多神信仰，然日本則為一神信仰主，此亦呈現臺灣與日本文化迥異之處。

飲食文化的不同亦是鈴木怜子關注與比較的部分，筆者曾分析過臺灣詩人孟樊旅遊詩中的日本飲食文化如何再現於現代詩中，主以咖啡以及壽喜鍋為探討中心。[77]林淑慧亦曾以雷震為例，說明雷震在日本八高讀書時對飲食的體驗，列舉臺灣人製的黃蘿蔔，較日人製的甜味重，推測是糖在臺灣的價錢比日本便宜的緣故。又如臺灣人將芝麻搾出的麻油澆在菜上，而日本人吃拌菜，不使用麻油，只把現炒的一粒一粒熱芝麻撒在菜上。[78]鈴木怜子則描述自己進入一家臺北的日本料理店，點了現烤的竹筴魚和黑豆，還有放於類似土瓶（似茶壺，日本料理中裝菜或湯的容器）裡的鮮蝦干貝湯。而她記下附近臺灣女客人所點餐點為：海苔捲、烤鯖魚的綜合盤。

鈴木怜子亦描述一位臺灣男客人將大量山葵與醬油攪拌，搭配鮭魚生魚片吃，「從隔壁桌生魚片的瀟灑切法，可以證明筆者目前身處

---

76 吳育龍、高源國、李雅琪：〈臺灣民俗信仰擲杯筊互動設計〉，《設計學研究》第13卷第2期（2010年12月），頁3。

77 蔡知臻：〈再現「東亞」：孟樊旅遊詩中的異域文化〉，《輔大中研所學刊》第37期（2017年4月），頁369-371。

78 林淑慧：〈《自由中國》所載臺灣跨界遊記的敘事策略〉，《再現文化：臺灣近現代移動意象與論述》（臺北市：萬卷樓圖書公司，2017年），頁268。

於亞熱帶國家舊商區的餐館裡。」[79]臺灣與日本於生魚片刀工切法上，實有不同，根據邱慎按，日本生魚片會將其切得較薄，以至對日本人而言，臺灣生魚片切得略厚，更較為奢侈。鈴木怜子形容此位臺灣男客人似在「玩弄筷子」邊吃飯，更使她感受是否這些食物不太可口之感。根據孫麗娟研究說明，雖然日本人是運用筷子（日本漢字為「箸」）取食，但吃壽司的時候卻是用手食用，原先壽司在江戶末期的街頭餐點做為站著食用的速食出售，肚子餓時拿起來就可以吃，使用筷子卻顯得很麻煩。現在的日本，於講究的壽司店吃壽司不僅僅是用手如此而已，還需按照魚游泳之方向握壽司。觸覺亦是進餐時之重要感受，從觸覺角度感受之，用手進餐效果最佳。舌頭得到之觸覺使得品嘗壽司成為感動。然用筷子夾著壽司翻動蘸取醬油時，會因壽司鬆散而無法達到此種效果。[80]日本人使用筷子亦有多項嚴格規定與規矩，相較臺灣人拿筷子之使用方式，於日本人眼中極為不妥、粗魯且無教養習慣。

除上述飲食文化差異，鈴木怜子更提出菜餚裝盤與食用文化的不同。臺灣人多將菜餚盛於大盤子裡，再各自用自己的筷子夾菜。例如蒸魚的料理，臺灣人會在大盤子中先用筷子把骨刺挑出，再夾起魚肉食用，看似即在「玩弄筷子」一般，對臺灣人來說這已是習以為常之事，但對日本人來說卻為相當不雅的行為與食用方式。「有對夫妻連佐在生魚片旁的生蘿蔔絲都吃得乾乾淨淨，滿臉笑容的離開。結完帳的丈夫，看起來對生魚片大餐相當滿意。」[81]此句敘述看似無特別

---

79 鈴木怜子著、邱慎譯：《南風如歌：一位日本阿嬤的臺灣鄉愁》（臺北市：蔚藍文化，2014年），頁172。

80 孫麗娟：〈從筷子看日本文化〉，《佳木斯教育學院學報》2012年第6期（總第116期）（2012年），頁103。

81 鈴木怜子著、邱慎譯：《南風如歌：一位日本阿嬤的臺灣鄉愁》（臺北市：蔚藍文化，2014年），頁172。

處，但鈴木怜子用「激問式問句」的方法提出，是因其中有極大文化問題所在，即日本人不會吃佐在生魚片旁之白蘿蔔絲或是海藻類，這些放置於生魚片旁配菜，其功能為「去腥」及「裝飾」，絕對不以「食用」為要。這亦顯示臺日飲食文化差距甚大之處。

鈴木怜子某次前往宜蘭礁溪進行溫泉體驗之旅，於泡湯過程中，她在牆角觀看竟有位女子裸身打太極拳，無視旁人眼光，鈴木怜子直言，她終於領悟到臺灣是多元DNA和多元人種的民族大熔爐。雖然日本文化亦是來自多元民族系統，也同處亞洲圈，鈴木怜子仍認為，臺灣與日本差異性極大。乃以上述太極拳女子為例，於日本社會中，即便洗澡，亦不會有人裸身享受打太極拳之樂，鈴木怜子自己亦無聽說，注視後即感嘆時代不同，更讚嘆自己能邊泡湯邊欣賞太極拳之柔美動作。

希臘哲人亞里斯多德曾提到：「幸福無法獨立於德行之外而存在，人民必須要能充分的休閒以利其德行的發展。」因分析休閒與幸福的關聯性，以及休閒於日常生活德行的養成所扮演的重要角色，故後人尊稱為西方休閒哲學之父。[82] 鈴木怜子亦前往臺北老人養護中心——兆如老人安養護中心探訪，認識多位說笑之間參雜日語的老婦人，她們年紀皆大於鈴木怜子，最長老婦人為一九二六年出生於臺灣。談天過程中，鈴木怜子詢問多次關於日常生活事情。起先談及臺北騎樓幾乎被摩托車所占據，走於騎樓時如有路人迎面而來，鈴木怜子選擇讓路，卻得不到對向路人笑容回應。日本社會之中互相禮讓為基本之行人規則，一位老婦人即回應，臺灣對敬老教育實施相當徹底。白髮奶奶就應理直氣壯往前走，對向自然即閃避，如無此反到幫倒忙。

---

82 葉智魁：《休閒研究——休閒觀與休閒專論》（臺北市：品度公司，2006年），頁26-27。

　　爾後談及櫃檯小姐笑容問題，為何她們皆不太有笑容？通常櫃檯小姐不都相當和藹可親。鈴木怜子收到的回覆為：她們不是做生意之人，笑了又沒有多錢，只要做好份內之事即可。[83]上捷運搭乘大眾交通運輸工具，鈴木怜子提及，必定有人靦腆笑著讓位給她，便有老婦人提出為何會有如此舉動，在於自己坐著看著老人家站著感到沒面子，亦有人提出可能肇因於教育養成，並非日治時期日本教育所造就，反而因國民政府來臺所傳入之儒家思想與論孟精神所引起。[84]最後提出於日本，客人來訪時主人皆將事物放置整齊，然亦講述喝茶禮儀差異，日本人飲茶都會用另一手托著杯底，在臺灣此細節小事皆無特別注意。

　　林淑慧曾提，日常的活動能夠形塑國家民族性，或隱含追尋人性化環境的欲求。[85]爬梳上述《南風如歌》中臺灣、日本文化差異之比較後，得知鈴木怜子敘事能力的精確與細膩，更將這些觀看臺灣、書寫臺灣之文化比較視域帶入回憶錄當中。蕭阿勤提出，「敘事是將人類的經驗組織成在時間上具有意義的一幕又一幕，是一種基本而重要的認知方式。」[86]而回憶者不只是在回憶這故事，也同時將這故事作理性化的重構。[87]以至從《南風如歌》書寫策略看起，發現鈴木怜子對主觀與客觀書寫都有其保留態度甚至調整策略，亦因她重視敘事結構與情節安排。

---

83 鈴木怜子著、邱慎譯：《南風如歌：一位日本阿嬤的臺灣鄉愁》（臺北市：蔚藍文化，2014年），頁185。

84 鈴木怜子著、邱慎譯：《南風如歌：一位日本阿嬤的臺灣鄉愁》（臺北市：蔚藍文化，2014年），頁185-186。

85 林淑慧：〈《自由中國》所載臺灣跨界遊記的敘事策略〉，《再現文化：臺灣近現代移動意象與論述》（臺北市：萬卷樓圖書公司，2017年），頁271。

86 蕭阿勤：〈臺灣文學的本土化典範：歷史敘事、策略的本質主義與國家權力〉，《文化研究》創刊號（2005年9月），頁103。

87 王明珂：〈集體歷史記憶與族群認同〉，《當代》第91期（1993年11月），頁11。

綜論本章藉用敘事學理論的觀點，探究鈴木怜子作品《南風如歌》成書、翻譯過程、人生觀展演與實踐，進而潛入文本之章節結構、敘事觀點與論述位置，得知鈴木怜子書寫特色，爾後以人物為分析中心，加之比較文化差異的敘事，討論書寫策略應用、刻劃技巧展現以及再現文化差異的方法與內容。

第四章
《南風如歌》之敘事認同分析

　　「敘事認同」的觀察視角，對討論個人到家族、家族到集體之表現、記憶、認同上有所助益，且其文學敘事表現，如何藉由書寫來建構自身身分與成長建構，這與「灣生」養成跟展演息息相關。蕭阿勤指出，「敘事認同」（narrative identity）的取向，使我們可以超越文學理論與文化研究中對故事或敘事的文本形式結構的分析，轉而探究敘事或故事在人群關係、社會秩序、與政治過程中的角色與作用。[1]鈴木怜子《南風如歌》中對臺灣的書寫與敘述，一方面回憶過往成長經驗與追尋父母親歷史背景，更於回憶過程中，透露出自我身分認同建構過程與國族意識問題。一個敘事必然蘊含敘事者的認同位置與行動主張。[2]以至欲深入討論灣生藉由臺灣書寫建構其國族認同，用此視角觀察有其必要，不單只是討論文學作品中作者書寫什麼？策略性的應用為何？而是放入歷史脈絡與時空情境下，看出敘事者如何藉由敘事過程，建構屬於自我的認同感受。趙慶華於討論外省第一代女作家認同與敘事的過程中提及，自我很難有固定型體現象，那自我認同當然亦不是持續不變的實存物，而必須藉由個人反身性發展一種關於自我敘事的能力來建構完成；因此，當人訴說「我的故事」，其實也就

1　蕭阿勤：〈臺灣文學的本土化典範：歷史敘事、策略的本質主義與國家權力〉，《文化研究》創刊號（2005年9月），頁104。

2　蕭阿勤：〈臺灣文學的本土化典範：歷史敘事、策略的本質主義與國家權力〉，《文化研究》創刊號（2005年9月），頁105。

是在回答一連串和自我存在與自我實現相關的問題。[3] 上述過程中，
敘事者在時間和空間交織下的人生經驗和大小事件經過有意識安排，
納入特定情節，最終整合、組織為一個更全面的故事／敘事；通過對
故事所鋪陳之各種關係與情節分析，可發現、理解當事人為何認同？
怎樣認同？為何行動或不行動，此即「敘事認同」觀察視角。

　　有鑑於此，本章將分為三節。第一節以鈴木怜子於殖民地臺灣的
成長敘事為中心，亦探討殖民地臺灣書寫；第二節觀察文本中鈴木怜
子及其父親中島道一戰後對臺灣經過歷史變遷與政權轉移變化下的觀
看與反思，及景物變化的述說與想念；第三節承接上兩節，綜論鈴木
怜子與父親中島道一對故鄉的身分認同及敘事歷程分析。

第一節　殖民地臺灣的成長敘事

　　敘事認同取向最主要的優點，在於它挑戰社會學與日常生活中常
見且錯誤的二分法。[4] 且認同及其變遷的研究除了必須認識社會過程
的本質性質，更有必要理解人類經驗的歷史性／敘事性，掌握到敘事
的理解方式（narrative understanding）對於人們建構自我與外在世界
之存在意義的重要性。亦即認同研究必須兼顧其社會過程之解釋與行
動者內在意義之詮釋，才能掌握認同現象的特殊性。[5] 前章已提到關
於陳芳明的論點，他認為灣生身分介於臺灣人與日本人之間，存有跨

3　趙慶華：《紙上的「我（們）」——外省第一代知識女性的自傳書寫與敘事認同》
　　（臺南市：國立成功大學臺灣文學系博士論文，2013年），頁43。
4　蕭阿勤：《回歸現實：臺灣1970年代的戰後世代與文化政治變遷》（臺北市：中央研
　　究院社會學研究所，2008年），頁47。
5　蕭阿勤：〈認同研究中的歷史：過去的事實、社會的過程、與人類經驗的歷史性／
　　敘事性〉，收錄於張錦忠、黃錦樹主編：《重寫臺灣文學史》（臺北市：麥田出版，
　　2007年），頁25。

界認同現象。為何有此認同，即在於灣生出生在殖民地臺灣，而又於
戰後接受引揚回日本祖國，兩地生活經驗加上本來的祖籍，困擾著灣
生的身分認同。然鈴木怜子書寫回憶錄時，對成長時居住於殖民地臺
灣的意識與感受漂泊不定，有時訴說自我毫不知情自己身在殖民地臺
灣，另一方面，行文中亦凸顯自己因身居殖民地臺灣而有特殊性的表
述。所以藉由觀看，我們確定自己置身於周遭世界當中；我們用言語
解釋這個世界，但言語永遠無法還原這個事實。[6]鈴木怜子，一九三
五年出生，即與奶媽阿岩相處甚好，亦是奶媽在料理鈴木怜子生活大
小事。

> 從幼稚園回到社宅的路上，在田中央被搖搖欲墜的土牆包圍著
> 的一個小聚落，總會出現一位塊頭較大，讓我稱為「阿桑」年
> 紀的女性，從建築群後方的小屋踏著小碎步，迎接我的歸來。
> 她會拿些杏子乾、甘蔗或是清蒸雞腿給我吃。之後，我才得知
> 自己的奶媽是臺灣人。這位跑向我的女性，從七分褲底下露出
> 結實的小腿，走起路來有點外八，她就是我的奶媽阿岩。阿岩
> 奶媽微笑起來，雙頰會和眼尾緊緊的相擠，並經常對著我高
> 喊：「怜子小姐！怜子小姐！」[7]

鈴木怜子回憶奶媽阿岩迎接她放學時之狀態與互動及奶媽的動作，並
從外貌描寫出奶媽樣態與年歲。例如：「雙頰會和眼尾緊緊的相擠」。
奶媽阿岩是「踏著小碎步」迎接鈴木怜子，小碎步的行走樣態本應屬
日本女性，呈現優雅、端莊的樣子，然臺灣奶媽亦用日本女人走路方

6　約翰‧伯格著、吳莉君譯：《觀看的方式》（臺北市：麥田出版，2005年），頁10。
7　鈴木怜子著、邱慎譯：《南風如歌：一位日本阿嬤的臺灣鄉愁》（臺北市：蔚藍文
　　化，2014年），頁46-47。

法行走，呈現日本化傾向，服侍的亦是日本人。殖民地臺灣的臺灣人，因受日本同化政策洗禮，於知識、意識、行為、思想都偏向日本帝國，然於殖民地臺灣出生的日本人，本以為大家（日本人、臺灣人、原住民等）都為日本人，並無「被統治」、「統治別人」觀念，大家皆屬平等，在《南風如歌》中鈴木怜子寫到：

> 當時母親體弱多病，而身為四姐妹老么的我，就是喝著臺灣人母奶長大的。理論上，應該也有和我喝著相同母奶長大的兄弟姊妹，所以有機會的話，真想和他們見見面。雖然沒有任何科學證實，但我相信自己常會有偏向「亞熱帶」的想法，應該和喝臺灣人母奶長大有關。[8]

鈴木怜子母親名為梢子，家中有四姐妹，鈴木怜子最年幼，但因母親身體多病且虛弱，所以代請奶媽阿岩餵乳、照顧。得知自己奶媽為臺灣人的鈴木怜子，比照自己與其他姊妹的不同與特殊性，將自己擁有著偏向「亞熱帶」想法、更豪氣之觀念等連結至自己喝著臺灣人母奶長大此事。如此生活與成長經驗如非在臺灣出生的日本第二代、第三代的確不會經驗到，這段文字亦凸顯灣生成長經驗特殊性與自身文化建構。朱惠足在研究日本在臺女作家真杉靜枝小說〈南方的語言〉時提及，小說是藉由語言的同化，呈現異族通婚無形的民族教化與融合效果。[9]雖說鈴木怜子在「灣化」過程當中是不自知的，但其於表現上呈顯「非日本人、非臺灣人」的表相與實況。上述鈴木怜子有意識

8　鈴木怜子著、邱慎譯：《南風如歌：一位日本阿嬤的臺灣鄉愁》（臺北市：蔚藍文化，2014年），頁47。

9　朱惠足：〈國族與性別的邊界協商──殖民地臺灣小說中的臺日通婚〉，收錄於《帝國下的權力與親密：殖民地臺灣小說中的種族關係》（臺北市：麥田出版，2017年），頁183。

指出自己因成長過程中經驗與養成過程的變化與歧異，得知自己與內地所出生之日本人性格與生活存在上有顯著的差異，這是她重構回憶錄時特別強調的部分，亦使筆者判斷此為她敘事過程中的一種策略，然這樣解釋與敘事是為讓閱讀者、自我於回憶故鄉臺灣的一種懷想與認同。

臺灣日治時期，血液學說與同化政策有著密不可分的關係，本文將血液論述分為二，一為生理血液、二為精神血液。吳佩珍曾討論日本近代優生學論述形成的歷史脈絡，檢視「血液」論述的變遷及一九四〇年代臺灣「皇民化文學」作品中呈現的同化政策與優生學論述二者間的矛盾衝突。此外更進一步突顯日本近代優生學「純血」論述於日本帝國擴張時期複雜及多層的面貌及其對殖民統治的正當性如何扮演推波助瀾的意識型態角色。[10]朱惠足研究皇民小說與日治時期小說中的「臺日通婚」時言，日本帝國之混血兒同樣因其對殖民權威的潛在威脅，在日本本國與殖民的受到歧視。[11]同化政策下，著重生理血液學說，來臺之日本官員、警察等未符合日本政策，於臺灣人進行通婚、生育，此第二代之人即有日本人血統，有帝國血液的存留，更是同化政策成功之所在。然日本的優生學派勢力反對殖民地同化政策與混血，主張大量導入日本移民，漸次取代被殖民者，以保持「優越」日本血統的純粹性。[12]以至四〇年代日本優生學思想中，尤對混血兒的愛國心與國民精神，抱持懷疑態度。

---

10 吳佩珍：〈血液的「曖昧線」──臺灣皇民化文學中「血」的表象與日本近代優生學論述〉，《臺灣文學研究學報》第13期（2011年10月），頁217-241。

11 朱惠足：〈性別化的國族「血統」想像──殖民地臺灣小說中的臺日混血兒〉，收錄於《帝國下的權力與親密：殖民地臺灣小說中的種族關係》（臺北市：麥田出版，2017年），頁216。

12 星名宏修：〈「血液」的政治學──閱讀臺灣「皇民化時期文學」〉，《臺灣文學學報》第6期（2005年2月），頁48-50。

　　精神血液部分，因在環境生活之中、文化洗禮、歷史經驗而有不同對於自我表述與展演的過程，即為精神血液。藉由家庭生活雙向跨界互動，民族自我與他者彼此接納融合，如被殖民者在潛移默化中自然地成為「皇民」。相對地，官方皇民化運動以他者性的消弭為前提，進行單方向的強制灌輸，完全不具成效，反而暴露單方面對異民族他者性的無能為力。[13] 然鈴木怜子身為統治者，於幼時的文化經驗、殖民地臺灣成長、生活，加上臺灣人奶媽乳汁的哺餵，讓她自認為包含灑脫、不拘小節的性格養成。鈴木怜子亦不因自我殖民地臺灣生長經驗與背景而認為自己比日本內地人不好或階級低下，反而於被引揚回日本祖國時所受之待遇、文化、環境的不適應才真正帶給鈴木怜子於生活上、精神上的困境，從中發現，「乳汁」在回憶錄行文當中，呈現代表「臺灣精神」的指標與媒介，此媒介存留在日本人第二身體裡，象徵精神上「日本人臺灣化」的過程，亦凸顯灣生因成長過程所受洗禮與內地日本人甚是迥異。幼時的成長過程中，亦有許多事件讓鈴木怜子對臺灣人存良好、善意的印象：

> 那位臺灣男子勇敢地下水救起昏迷不醒的二姐，並實施人工呼吸挽回二姐的性命。雙親日後一直後悔當時沒能留下救命恩人的名址。之後，儘管廣發傳單尋人，但始終沒有該名男子的下落。
> 我喝著臺灣人的母奶長大、姐姐由臺灣人的幫助挽回一條生命。[14]

13　朱惠足：〈國族與性別的邊界協商──殖民地臺灣小說中的臺日通婚〉，收錄於《帝國下的權力與親密：殖民地臺灣小說中的種族關係》（臺北市：麥田出版，2017年），頁184。

14　鈴木怜子著、邱慎譯：《南風如歌：一位日本阿嬤的臺灣鄉愁》（臺北市：蔚藍文化，2014年），頁48。

　　鈴木怜子二姐於一次的落水意外中，因臺灣人男子積極與見義勇為而獲救，全家人皆甚是感謝，但後來找不到此位臺灣男子，鈴木怜子則認為，自己是由臺灣人奶媽照顧、成長，然二姐的性命又因臺灣人而繼續延續、生活，此敘事是對臺灣人的親善與好感。

　　相反，除上述鈴木怜子有意識知道與敘述自己的不同與生活於殖民地臺灣，以下將討論鈴木怜子無意識到自己是居住在殖民地裡之敘事拉出，說明回憶錄中反覆飄盪的作者意識，進而解釋當時鈴木怜子單純、無知。日治時期的居住方式，多將臺灣人與日本人分開，從總督府規劃的官營移民村開始，是一個在經濟上、社會上都自給自足的村落、地區，雖然周遭沒有圍牆環繞，界定出一個封閉空間，但移民村等社會機能村落、地區的社會機能使其發展為內向性的聚集地，和鄰近臺灣人村落往來十分有限。[15]鈴木怜子於臺灣所居住的地方為臺北大安町（現今臺北市大安區），從書中成長敘事中亦得知鈴木怜子何以描繪當時日本同化政策下日臺分居情況，亦記錄臺灣小孩與日本小孩的差異性，如於橋的另一端，有一段塵土飛揚的小道。沿著這條路之房屋，便為那些臺灣小孩所著的村莊，臺灣與日本人所住村莊是分開的，無論是用橋或是道路皆然，然於同一座橋上，來自附近之臺灣小孩，為方便上廁所，以至他們穿著露出屁股之開襠褲，且若無其事地光著腳，鈴木怜子亦受之感染，脫下懸著紅色鼻續的木屐，跟著打赤腳。張素玢的研究說到，小孩束縛的確在臺日分區的限制上相對較小，有時與移民的小孩打群架互相叫罵；臺灣小孩罵日本小孩為「蝙蝠」（非鳥非獸，仗勢欺人），移民則回以「清國奴」。臺灣人背地裡稱日本人「四腳仔」（禽獸）、「日本狗」；日本人視臺灣人為三等國民。民族之間仇視、衝突的情況，在早期相當嚴重。[16]書中描寫臺

15　張素玢：《未竟的殖民：日本在臺移民村》（臺北市：衛城出版，2017年），頁351。
16　張素玢：《未竟的殖民：日本在臺移民村》（臺北市：衛城出版，2017年），頁351。

灣小孩多半不穿鞋，且因要方便大小便穿著開襠褲，亦不多加掩飾，此性格與成長環境與日本端莊、重禮、謹慎之民族性格差異甚遠，但因鈴木怜子居住殖民地臺灣，亦受臺灣小孩影響，以至鈴木怜子亦脫下木屐，打赤腳行走，並於後續寫道自己赤腳與臺灣土地、小草接觸，感受甚深、也有親近之感：

> 當時的我，並沒能體會到自己就是居住在殖民地裡。
> 即使旁邊的人講的日語有鄉音，而且也不同，但因為他們大半是農民、小店商人或工人，所以我總認為那是職業及階級地位不同所致，完全沒能意識到統治者與被統治者的關係。反而認為大家都是日本人，只是來自不同的地區而已。父母親也從來沒有提及任何有關殖民地的事情。[17]

上述引文觀察鈴木怜子的成長記憶，可從中發現那時根本不知臺灣為日本殖民地，且下意識認為日文不標準等問題出在職業與地區差異。鈴木怜子的書寫與記憶於此產生大日本帝國優位意識，雖然在當下情境、語境訴說可能無誤，但藉回憶書寫仍有此優位意識，感受到只是階級問題而已，並與統治、殖民問題無關。此政治無意識是因日本於殖民地臺灣的同化政策與對日本人的待遇與所塑造的生活環境，導致灣生當下無知、認知錯誤與意識偏謬。以至從此段可以得知，鈴木怜子所生長的臺灣，並不是現今臺灣，她記憶中的臺灣，是一與日本內地相似度較高之臺灣，更因此塑造她對臺灣記憶的特殊性。終戰前，鈴木怜子描述家中愛犬接到「召集令」，需前往戰場一同奮戰的情景：

---

17 鈴木怜子著、邱慎譯：《南風如歌：一位日本阿嬤的臺灣鄉愁》（臺北市：蔚藍文化，2014年），頁55。

當天氣轉涼的某個午後，黛戈（愛犬）接到「召集令」，前往
戰場。牠被軍人牽著，卻不停的回首，至今還記得牠那雙又黑
且又若有所思的眼睛。聽說當牠們完成任務之後，將成為嚴寒
地區軍人的保暖外套或墊物。我放聲大哭，哭到聲音都嘶啞。
那是我出生以來第一次感受到悲痛，即使現在回想起來，還是
心很痛，甚至氣到流淚。[18]

鈴木怜子描述愛犬的召集過程，家犬變成軍犬，以及闡釋任務結束後
的悲慘下場，痛批對於家禽的殘暴與不人道，她亦把自己當下的心情
描寫下來，痛苦、嘶啞、從無有此經驗，就算是現在回憶起來仍覺傷
心，從這可看出在她成長的過程以及戰爭記憶下的特殊經歷讓她擁有
深刻的印象，以及將家禽看做與家人一樣重要，凸顯作者的悲憫、疼
愛之心。然於蕭智帆撰寫的「非虛構小說」中，鈴木怜子與愛犬黛戈
也在他所撰寫的小說當中出現，做了一次更具情節性、故事性的闡釋：

> 然而在戰事緊張之際，牧羊犬因為是公認最佳軍犬品種，在臺
> 灣的所有黛戈們，終究逃不過國家的徵召，無數的怜子們，也
> 為此哀傷不已。
> 上級的「召集令」下給了黛戈，軍事總動員無可違抗，家犬變
> 成軍犬。一個轉涼的午後，幾名軍人半強制性地牽引著黛戈離
> 去，幼小的怜子站在門口目送黛戈緩慢離去的身影，而黛戈則
> 睜著又黑又大的無辜雙眼，頻頻回頭，看著越來越遠，越來越
> 小的小怜子。

---

18 鈴木怜子著、邱慎譯：《南風如歌：一位日本阿嬤的臺灣鄉愁》（臺北市：蔚藍文
化，2014年），頁60。

　　當時或許在彼此的心中都以為只是短暫分離，卻其實是永別。
上了戰地的軍犬，既不會淪為戰俘，卻也不會回家與家人團圓。
在完成任務之後，牠們就會成為外套或墊被而留在戰場。[19]

　　上述兩段引文分別陳述同一件事情，一是以回憶錄書寫方式撰述，二
則是小說形式的敘述，從中的比較凸顯敘事情節的豐富以及轉折方
式，這是一種「二次創作」的表現。

　　鈴木怜子十二歲那年，因日本第二次世界大戰戰敗，國民黨來臺
接收臺灣土地，爾後仍有許多日本人留在臺灣，至於為處理因須善後
而留下的日籍人士，他們的小孩皆被送至位於臺北市特別增設的「輔
仁小學校」就讀。由專程留在臺灣的日本人教師指導，直到引揚回
國。而此間「輔仁小學校」即為日本人在臺就讀的最後一所學校。

　　國民政府以戰勝國之姿來到臺灣，臺灣人歡欣鼓舞，鈴木怜子猜
疑：「或許是日治時期過得很鬱悶的緣故吧！」[20]洪郁如曾言，作者並
沒有暢懷肆意地擁抱童年，在處理往昔在臺的美麗往事時，多處留露
出心有顧忌的保留態度，特別是在述及有關臺灣人社群之際，她非常
謹慎意識著臺灣人的殖民地集體記憶，戰後思維明顯影響了戰前記憶
的重構。[21]所以此處並無多加描述與批判，即在此觀點下成立。因國
民政府之戰勝國姿態，臺灣當地小孩亦受其影響，他們會在上學途中
向日本小孩丟石頭或追趕他們，回憶錄中記載：「被丟石頭的同學用
書包遮擋，有些同學的膝蓋還破皮。甚至必須帶竹棍上學，說是要以

---

19 蕭智帆：〈沒有戰爭的戰爭：在臺日本人的故事〉，蘇碩斌等著：《終戰那一天：臺
　　灣戰爭世代的故事》（臺北市：衛城出版，2017年），頁276。
20 鈴木怜子著、邱慎譯：《南風如歌：一位日本阿嬤的臺灣鄉愁》（臺北市：蔚藍文
　　化，2014年），頁64。
21 洪郁如：〈灣生的記憶如何閱讀：我們準備好了嗎？〉，收錄於鈴木怜子著、邱慎譯：
　　《南風如歌：一位日本阿嬤的臺灣鄉愁》（臺北市：蔚藍文化，2014年），頁18。

防萬一。」[22]大人們亦無法勸管，反而於一旁叫囂，以至日本小孩在戰後初期的上學之路相當辛苦、亦危險。也有在移民村落附近的臺灣人進入移民村毆打日本人、拿走財物，移民人人自危。他們並不是政府最先引揚回國的一群人，而是等待回國的期間，就變成移民最難捱的日子。移民村內人心惶惶，有的逃到他處避難，村民組成警衛團（鄰組），輪流警戒巡邏，才勉強維持安寧。[23]

　　鈴木怜子父親中島道一時任家長會會長，因找臺灣省警察投訴、求救皆無辦法，所以中島道一即請出認識已久在學校附近為地盤的「老鰻」[24]，以確保學生上學途中的安全。黑道老大名為廖童與周得，皆臺灣人，此段記憶為鈴木怜子母親與之訴說。鈴木怜子實也困惑，為何這些黑道大哥都是臺灣人，理論上他們應該會拒絕保護日本人！這都歸功於她的父親，利用三天的溝通與協商（打麻將培養感情），黑道們才協助保護日本小孩上下學的安全。「我家簡直就像廟會似的，讓黑道介入教育領域。」[25]也因為黑道的介入，讓臺灣人父母也沒辦法再對日本孩童不利。

　　灣生，是擁有帝國統治的殖民地童年，目睹帝國解體前後東亞變局的人，並在戰敗陰影下回到母國日本度過青春期而走向成年。[26]《南風如歌》中所記憶、書寫之成長敘事，著重與臺灣人的互動與觀察，及鈴木怜子個人性格、意識、思想的形塑過程，亦因有豐富的殖

---

22 鈴木怜子著、邱慎譯：《南風如歌：一位日本阿嬤的臺灣鄉愁》（臺北市：蔚藍文化，2014年），頁64。

23 張素玢：《未竟的殖民：日本在臺移民村》（臺北市：衛城出版，2017年），頁370。

24 臺語的流氓之意。

25 鈴木怜子著、邱慎譯：《南風如歌：一位日本阿嬤的臺灣鄉愁》（臺北市：蔚藍文化，2014年），頁66。

26 邱慎譯：〈灣生的記憶如何閱讀：我們準備好了嗎？〉，收錄於鈴木怜子著、邱慎譯：《南風如歌：一位日本阿嬤的臺灣鄉愁》（臺北市：蔚藍文化，2014年），頁16-17。

民地經驗與成長環境，讓灣生特殊性更加凸出、特別。戴華萱曾討論臺灣五〇年代小說家的成長書寫，其中提及反共小說的書寫作家多以一種自傳式書寫的方式，通過檢討過去、展望未來的回憶筆鋒，將個人刻骨銘心的成長經歷和家國的命運發展交織互涉，形成一種個人與國族相互依賴、共同成長的書寫結構。[27]綜論之，此處與鈴木怜子的成長敘事有密切關係，因鈴木怜子所訴說的不只為她的殖民地成長，而是與家國、命運、歷史情境脫離不了關係，也在敘事過程中，發現與臺灣人的關係、自我意識、認同的建構過程，更是一種「共同成長」的敘事認同。

第二節　戰後的臺灣書寫與反思

　　本節透過《南風如歌》中作者的戰後臺灣書寫與觀看後的反思過程為論述主軸，探討戰後臺灣與殖民地臺灣於鈴木怜子眼中有何記憶不同，間接影響她對現今臺灣的反思想法。約翰・伯格認為：「我們注視的從來不只是事物本身，我們注視的永遠是事物與我們之間的關係。」[28]臺灣與鈴木怜子的關係，從一九三五年出生開始就已密不可分，乃這塊土地不僅是鈴木怜子需要觀看，更是自我建構記憶與認同關係。

　　戰後鈴木怜子一家人於一九四七年引揚回日本祖國，她於戰後第一次「訪臺」時間為一九八二年冬天，書中使用「訪臺」然不用「返臺」一詞，鈴木怜子有迴避其殖民意識，因如用「返臺」貌似臺灣仍是日本祖國一部分，依然為其殖民地之感；如使用「訪臺」則鈴木怜

---

27 戴華萱：《成長的迹線——臺灣五〇年代小說家的成長書寫（1950-1969）》（臺北市：萬卷樓圖書公司，2016年），頁58。
28 約翰・伯格著、吳莉君譯：《觀看的方式》（臺北市：麥田出版，2005年），頁11。

子已熟知現今臺灣狀態，為國民政府所管轄，早已成為「異國臺灣」。第一次訪臺鈴木怜子帶著她的兩個女兒來此，除帶女兒們觀看這曾為故鄉之地，已呈現完全不同的景色與風貌，鈴木怜子訴說：「母校『幸國民學校』的建築物依舊，但是釋放出的訊息，卻像粗糙不堪的水泥牆板。突然覺得自己宛如被吸進一個大洞穴似的，淚水不禁奪眶而出。」[29]幸國民學校為今日臺北市幸安國民小學，鈴木怜子看到自己母校雖然依舊在，但從牆上的粗糙、裂縫、毀壞看來，得出鈴木怜子感嘆「景物依舊、人事全非」之場景，亦訴說一九八〇年代的臺灣已與殖民地臺灣有差異與改變。〈再訪臺灣及對阿里山的回憶〉一文敘述除再訪臺灣所見所聞，亦有關於阿里山的回憶。

> 因為我對嘉義有著特別的回憶，所以後來我們從嘉義搭程客運前往關子嶺。在我十一歲時，為了要和臺灣說再見，父親帶著母親和我登上阿里山，藉以遙望「新高山」（玉山）。[30]

根據鄭安晞研究整理，日治初期的玉山由於並未進行地形實測的因素下，因此有許多不同的高度版本，明治二十九年（1896）開始，官方進行新高山的測量，於同年九月一日完成，其成果發現玉山比富士山還高。明治三十年（1897）六月二十八日，原名「摩里遜山」的玉山，高度為一萬三千九百六十七尺（約4232公尺），由於比日本國內的富士山高一千五百六十尺（約472.7公尺），因此由日本天皇賜名、

---

29 鈴木怜子著、邱慎譯：《南風如歌：一位日本阿嬤的臺灣鄉愁》（臺北市：蔚藍文化，2014年），頁86。

30 鈴木怜子著、邱慎譯：《南風如歌：一位日本阿嬤的臺灣鄉愁》（臺北市：蔚藍文化，2014年），頁88-89。

並改為「新高山」。[31]《南風如歌》中進一步敘事關於父親與高山的關係：

> 我在學校獲知新高山比日本的富士山高了一百八十六公尺。父親很喜歡登山，日本的槍岳、穗高、立山等當然不用說，就是臺灣的大、小山，也都幾乎踏遍。雖說父親對山岳懷有特殊的情感，但在日本戰敗而情勢動亂之際，竟還有爬山的閒情逸志，顯見此舉為父親對臺灣的深情告別。[32]

劉安曾指出，鈴木怜子的父親認為臺灣是將埋骨的故鄉，自然將新高山認為是故鄉的符號之一，對其有所共鳴，戰敗後不得不離開。[33]全家人在接受引揚前前往阿里山，搭乘阿里山小火車，抵達阿里山站，車程當中，鈴木怜子紀錄到，除她與父母為日本人之外，其他皆為本省人與外省人。原住民非常親切客氣靠近他們，且後上火車的幾位亦用甚是流利的日語關心他們日後的生活，也邀請到原住民家中坐客。臺灣阿里山上所居住的原住民為鄒族，根據浦忠成的研究指出，日治時期對於臺灣原住民基本上是要掠取其居的各類經濟資源，由於覬覦阿里山地區豐富的森林資源，日本殖民政府對於居住於該地區的鄒族人的洪水神話進行一番新的詮釋與運用；日本注意到進入該區開發時不僅沒有受到「番害」，鄒族人尚且還協助其修築運材鐵道。如果仔

---

31 鄭安睎：〈日治山區空間與山旅文學的形成——以玉山為例〉，收錄於林淑慧主編、林鎮山等著：《時空流轉：文學景觀、文化翻譯與語言接觸》（臺北市：萬卷樓圖書公司，2014年），頁212。

32 鈴木怜子著、邱慎譯：《南風如歌：一位日本阿嬤的臺灣鄉愁》（臺北市：蔚藍文化，2014年），頁89。

33 劉安：《戰後臺灣阿里山空間的現代文學書寫——以散文、新詩、小說三文類為觀察核心》（臺中市：國立中興大學中國文學系碩士論文，2016年），頁38。

細審視鄒族歷史發展過程，可以發現該族在日治時期幾無與日人激烈衝突之紀錄。[34]可想而知阿里山原住民對日本人的友善程度與關心，然經過三十六年後再次訪來到阿里山，鈴木怜子提及當時臺灣學校教育徹底排日，因國民政府「去日本化」、「再中國化」，但在旅途上遇到的年輕人，仍都相當友善。

> 從關子嶺溫泉經由嘉義回來時，我們在客運上遇到一位青年，他提及其母畢業於日本的女子學校，定會樂意見到筆者，所以一直希望我去她家坐坐。最後由於時間無法配合，只好婉拒。不過在那個敏感的時代，竟能那麼親切的對待日本人，還真替他捏了一把冷汗。[35]

臺灣於一九八二年仍受白色恐怖威脅與壓迫之中，從一九四九年四六學生運動算起直至一九八七年臺灣宣布解嚴，是戰後白色恐怖的籠罩期，一九八七年後臺灣的自由民主氛圍才漸漸升起。以至鈴木怜子戰後初訪臺灣，臺灣的政治氛圍相當緊張，自己亦意識到此狀況，所以才寫道「不過在那個敏感的時代，竟能那麼親切的對待日本人，還真替他捏了一把冷汗」此話，更讓鈴木怜子認為這位年輕人很窩心且溫暖。對阿里山的記憶，前後兩次鈴木怜子一家人都受到臺灣人歡迎、關心與問候，此讓鈴木怜子對臺灣，無論是殖民地故鄉臺灣還是現今臺灣都存有不可分割的情感。

　　鈴木怜子亦書寫「歷史事件」當作記憶串場與回顧，凸顯在此歷

---

34 巴蘇亞・博伊哲努（浦忠成）：《敘事性口傳文學的表述：臺灣原住民特富野部落歷史文化的追溯》（臺北市：里仁書局出版，2000年），頁46。

35 鈴木怜子著、邱慎譯：《南風如歌：一位日本阿嬤的臺灣鄉愁》（臺北市：蔚藍文化，2014年），頁88。

史事件中自我所觀看、遇到之事、遭遇，本文將其視為「鈴木怜子的小歷史敘事」。所謂歷史是「記述人類社會賡續活動之體相，校其總成績，求得其因果關係以為現代人之一般活動之資鑑者」。[36]鈴木怜子用歷史事件當作詮釋記憶的重要關鍵，在於此皆對家族或是自身帶有重要的記憶。主要敘事的歷史事件分別為：一、原住民霧社事件、二、二二八事件。

　　日治時期日本軍設立多處駐在所，方便管理臺灣人及原住民，進行日本統治之相關政策。鈴木怜子憶起，霧社事件的導火線，據說是某場原住民婚禮上，日籍警察對原住民伸手示好，認為他是無禮，並加以毆打。結果造成公學校、職員宿舍、還有日本人的駐在所遭到火吻，整起事件兩個多月才平息。駐在員常因工作需求而融入至原住民生活，鈴木怜子在書中記載曾在臺北的公車站，遇到一位年近九十歲的原住民女性，她回憶著：「因為日本駐在員太太的教導，我現在還可以很快的縫製一件浴衣。」[37]鈴木怜子憶起小時候與家人同去霧社遊歷，最終抵達當地最大日式旅館，有位大塊頭女人，從館內走出。「要吃飯嗎？」也因此鈴木怜子全家成為這間旅館戰後接待的首位，幾乎也是最後的日本客人，且這次的旅遊經驗，是他們被引揚回日本前所去，中島道一回到日本後如果沒有被問起，是不會提起這件事情與臺灣的記憶。

　　然於書中亦提到，父親對原住民的感受與解釋：

　　父親之所以對原住民透露出非比尋常的慚愧和憐憫，卻又憋住男兒淚，其實是有原因的。父親在戰爭時期擔任皇民奉公會，

36　梁啟超：《中國歷史研究法》（上海市：商務書局，1922年），頁1。
37　這裡所稱之浴衣，是和服的一種，為日本夏季時期的衣著。

亦即日本「大政翼贊會」的幹部。該會屬於政治團體，所以必須遵守國策，將原住民青年送往戰場，藉以獲得軍力。父親深信教育原住民接觸文明世界的殖民地政策，其意義非凡。不過，就如同日本國內，難以計數的原住民，也因為日本犧牲。[38]

根據引文中可得知父親對原住民的歉疚感萌發，也從上述旅行記憶與歷史事件的交混記憶，發現霧社事件只是一記憶的媒介，藉由此次旅遊再好好觀看一次臺灣這片土地，才是鈴木怜子一家人的目的，從本土族群鬥爭事件連結到對臺灣這片土地的愛，是鈴木怜子所記憶並書寫之重點所在。

二二八事件是《南風如歌》中大篇幅紀錄的歷史事件，分別有兩文皆探討，〈父親轉述的二二八事件〉以及〈屬於我的二二八事件〉。父親中島道一轉述二二八，當然於紀錄過程與語言文字中存在中島道一記憶重構與交混，多數自身經驗、意識型態等皆於文字中浮現出來，例如怒罵國民政府官員的惡劣行徑、貪汙、賄賂等惡習爆發。根據黃秀政研究，從政治壟斷的角度來說，當時中國大陸人是壟斷政府重要的中高級職位，以及所產生的牽親引戚、腐化貪污等皆收弊端，也是二二八事件的肇因之一；[39]回憶錄中寫到：「反觀，接受日本教育、習慣日本文化、甚至自居為日人的臺灣人，勢必無法讓中國大陸來的人加以認同。所以想當然爾，其政府的重要職位，都會讓中國大陸的人來擔任。」[40]從經濟統治與民生困苦方向解讀，陳儀及其接收

---

38 鈴木怜子著、邱慎譯：《南風如歌：一位日本阿嬤的臺灣鄉愁》（臺北市：蔚藍文化，2014年），頁91。

39 黃秀政：〈論二二八事件的發生及其對臺灣的傷害〉，《興大人文學報》第36期（2006年3月），頁497。

40 鈴木怜子著、邱慎譯：《南風如歌：一位日本阿嬤的臺灣鄉愁》（臺北市：蔚藍文化，2014年），頁99。

集團採取為經濟統治政策，也就是物資管制、金融壟斷、物品專賣，然而其後果卻造成民眾失望與飢餓的民生困苦之狀。[41]緊接更提及日治時期政權與國民政府政權交換時所提出的「國語」運動，在日治時期推廣說日本語，但戰後，國民政府推行說國語，中島道一亦於回憶錄中提出臺灣人的無奈與不適應。另是關於二二八事件後臺灣人的反動敘事，回憶錄中呈現：

> 民眾憤怒始終無法平息，只要看到外省人，就會像過街老鼠般地人人喊打。
>
> 在暴動當中，父親公司的幹部中藤越郎先生，為了處理公司的產品，在臺北的租賃倉庫中，親眼看見外省人從三層樓高處往下扔。甚至只要碰到人，就用日語質問，或是要求清唱〈君之代〉。若回答不出來，就認定為外省人而暴力相向。此一從臺北開始的反外省人運動，很快的蔓延至全島。[42]

前述文中提及「精神血液」論述，說明「乳汁」與臺灣精神的指標性，從引文中發現，〈君之代〉此首日本學校的校歌，亦默默以「精神」方式竄進殖民地臺灣人、日本人的身體與心中，為一種精神血液的傳承展現，亦可得知，二二八事件對臺灣人民與感受是非常不能忍受，而要求清唱〈君之代〉則肇因於此才能夠確定這個人有沒有受過日本教育、日本文化洗禮，如有受過即可肯定此人為臺灣人，非外省人，由此判斷手法，除是日本殖民地教育之過程，亦是種展現「日治

---

41 黃秀政：〈論二二八事件的發生及其對臺灣的傷害〉，《興大人文學報》第36期（2006年3月），頁502。
42 鈴木怜子著、邱慎譯：《南風如歌：一位日本阿嬤的臺灣鄉愁》（臺北市：蔚藍文化，2014年），頁98。

臺灣」精神的方法。

　　「對於脫離五十年的日本殖民時期，原本對未來懷抱憧憬的臺灣人，對於現況既失望又不滿。甚至有人主張原統治國的日本，係敗於美國及其盟軍，而非敗於中國。」[43]此對臺灣人來說，有「奴化」傾向，陳翠蓮曾討論關於戰前臺灣人遭受日本人奴化，爾後戰後又接受國民政府的奴化現象。[44]上述引文感受到如日本是敗給美軍，是否臺灣人亦要被美國人奴化？以至鈴木怜子這段話帶出其殖民無意識，更以一種殖民者姿態在檢視戰後的政權轉移問題。

　　另有一處較特別為中島道一特別回憶歷史人物邱永漢先生的主張等，因當時邱永漢先生的書及臺灣主張對中島道一影響甚深，所以於回憶二二八事件之時必定提及邱永漢。[45]鈴木怜子對於二二八的記憶，並不從族群、歷史人物為中心，是因她再一次來到訪臺灣時，經過二二八公園，憶起殘酷二二八事件，亦回憶歷史情境之恐怖經驗、國民政府掃射等：

　　　　位於臺北車站南邊的這座公園，就是為了紀念那場震驚人世、
　　　　令人心痛的二二八事件。或許是紀念公園，也可能是我胡思亂
　　　　想的緣故，總覺得這個長滿大樹的寬闊空間裡，充滿了鎮魂般

---

43 鈴木怜子著、邱慎譯：《南風如歌：一位日本阿嬤的臺灣鄉愁》（臺北市：蔚藍文化，2014年），頁99。

44 陳翠蓮：〈去殖民與再殖民的對抗：以一九四六年「臺人奴化」論戰為聚焦〉，《臺灣史研究》第9卷第2期（2002年12月），頁145-201。

45 邱永漢，一九二四年生，臺灣臺南市人。一九四五年，日本東京帝國大學經濟學部畢業。一九五五年，小說「香港」榮獲日本夙負盛名的最高文學獎「直木賞」係第一位獲得該獎的外國人。身兼作家、經濟評論家、經濟顧問，活躍於各種不同領域，企業跨越多國，被日本記者譽為「賺錢神仙」。資料引自邱永漢：《富者的弱點：有錢的煩惱》（臺北市：允晨文化，1994年）。

的沉靜。[46]

從紀念公園之觀看，到歷史記憶回顧，鈴木怜子反覆思索關於國民政府對臺灣人所造成之傷害與痛苦，更加以撰述，甚至批判。廖文毅[47]先生亦為鈴木怜子記憶中主要人物。

> 我們家的一半被國民黨政府接收，讓一位叫做廖文毅的臺灣人和其家人居住。廖先生曾經和蔣介石一起在中國大陸奮鬥，最後雖然和國民政府軍隊一同返回臺灣，但對國民黨政府卻是大感失望，並以建立故鄉（臺灣國）為目標，私下反抗政府。[48]

鈴木怜子敘述廖文毅一家人與自我家庭的關係，亦有許多描述國民政府軍為要找尋廖文毅，粗魯莽撞直奔家裡的狀況，家中榻榻米和長廊

---

46 鈴木怜子著、邱慎譯：《南風如歌：一位日本阿嬤的臺灣鄉愁》（臺北市：蔚藍文化，2014年），頁115。

47 廖文毅，一九一〇年生於雲林西螺，一九二七年日本京都同志社中學畢業後進入中國南京的金陵大學就讀，一九三一年金陵大學畢業後成為上海的天章製紙公司技師。一九三二年起至一九三三年於美國密西根大學就讀獲得碩士學位，一九三五年進入俄亥俄州立大學，後來提出〈鹽水電氣分解〉論文取得化工博士學位。廖文毅於一九三五至一九三八年期間擔任中國浙江大學工學院教授，也曾擔任中國軍方技術方面的軍官。與多數的臺灣人一樣，日本戰敗後廖文毅並無「臺灣獨立」的想法；甚至還擔任陳儀治下的臺北市工務局技正。一九四六年一整年廖文毅都在島內作競選演講。廖文毅曾於自行創辦的《前鋒雜誌》發表「聯省自治」的文章，一九四六年八月競選國民參政員落選。二二八事件發生時人在上海，事件後卻遭到國民黨政府通緝。一九四七年六月廖文毅與廖文奎等人在上海成立「臺灣再解放聯盟」，同年八月左右前往香港，擴大「臺灣再解放聯盟」的組織規模。廖文毅於一九五〇年流亡日本從事臺獨運動。資料引自陳文賢：《廖文毅的理想國：臺灣共和國臨時政府的成立與瓦解》（臺北市：國立政治大學臺灣史研究所博士論文，2013年）。

48 鈴木怜子著、邱慎譯：《南風如歌：一位日本阿嬤的臺灣鄉愁》（臺北市：蔚藍文化，2014年），頁116。

皆被狠狠踩過，但廖夫人的機敏勇敢令鈴木怜子所佩服。廖夫人為中英混血，父親為中國牧師、母親為英國人，與廖文毅育有一對兒女，女兒與鈴木怜子同年。

> 夫人當然知悉廖先生主張臺獨，並在臺北市內設立據點，募集同志，並每月發行刊物。不過看著夫人纖纖細手，指尖還塗抹鮮豔的大紅色指甲油，我認為夫人應該沒有參與獨立運動。夫人甚至不常外出。儘管如此，一旦發生意外時，她依然能以驚人的敏銳力來處理問題。[49]

廖夫人於廖文毅不在之時，即為一家之主，又不願帶給鈴木怜子一家人麻煩，以至許多事情、麻煩皆一人處理，顯示她堅強意志與能力。綜論之，鈴木怜子對二二八事件記憶可看出她對臺灣記憶、人物、事件的深刻檢視與重構，除小敘事、小歷史外，更連結臺灣戰後的反思狀況，因曾於這片土地上生活而因國民政府政權對臺灣的剝削、殘酷爆裂行為感到不捨，於回憶錄中字字句句皆可以感受到。

　　鈴木怜子於一九八二年後，多次訪臺且遊歷各地，她曾認為，自己人格的不平衡，是因為對故鄉的迷失，而導致心靈受到嚴重創傷之故。在她來臺灣之前，本想於墨西哥定居、養老，但她最終發現，或許臺灣才是最適合養老之地，在臺灣不會受到任何拘束，鈴木怜子於此感受、發現真實的自我，還拍著桌子，放聲大笑，這亦顯示鈴木怜子能於臺灣放開自我心胸，做最真實自己。她也發現自己的行為舉止並非最優雅，與其他日本人相比較之下，亦詢問臺灣人好友：翻譯邱

---

49 鈴木怜子著、邱慎譯：《南風如歌：一位日本阿嬤的臺灣鄉愁》（臺北市：蔚藍文化，2014年），頁118。

慎女士以及大阪大學林初梅教授關於要前往臺灣養老需注意的地方，及她所感興趣想詢問的部分。鈴木怜子總感覺臺灣人為何總是如此善解人意、又熱心相助？即使窮苦老人，也都能獲得熱情的接待。鈴木怜子對臺灣人的好印象又因善解人意、熱心等加深甚多，她對臺灣的憧憬與居住嚮往更是深切。

　　到真正居住臺北，鈴木怜子即面臨身體不適問題，喉嚨不適、甚至須用藥水漱口。她曾言她並無對臺灣抱有特別的夢想，因本是不可能實現之夢想，早就絕望。然真實回到出生地臺北生活，相距殖民地時期已近六十年左右。鈴木怜子感嘆回不到殖民地時期、出生時的臺灣環境生活，雖來到臺北，但實已改變許多，是異地、更是異國。然鈴木怜子脫口而出她理想的居住環境：

> 欣賞風花雪月，遠離塵囂，隨著自己的步調，無憂無慮地生活，這曾經是我的理想而我曾經也住過高原地帶，享受一望無際的原野生活；或是落腳於海邊，品嚐海鮮的美味。我早已經歷過各種難以抗拒的大自然蹂躪，如今年事已高，想必無法再獨自面對。[50]

鈴木怜子有許多年跨國體驗，亦有多次環境適應的感受問題，她也說出自己理想的居住環境，然後告知我們年事已高的她可能沒辦法再多次適應多變環境，心中隱約透露出她想定居的決心看法。然她信任的中醫師李醫師亦居住在臺北，更使她放心不少，如果身體有任何狀況，便能協助鈴木怜子。

---

50 鈴木怜子著、邱慎譯：《南風如歌：一位日本阿嬤的臺灣鄉愁》（臺北市：蔚藍文化，2014年），頁154-155。

　　於臺北居住時，鈴木怜子多一人到處走走看看，有時只是在家附近散步，即看到許多令她感到新鮮的事情，更與她幼時記憶有所關聯，亦提出她自我反思與觀點。

> 廣場的角落有幾家路邊攤。
>
> 小時候，我很嚮往路邊攤。因被家人禁止，所以更是充滿憧憬。此刻，看到一位大叔，穿著短褲，翹著二郎腿，一邊玩弄自己的鞋，一邊狼吞虎嚥的扒著粥。[51]

對路邊攤極有興趣的鈴木怜子想起幼時父母對路邊攤的諸多限制，到現在對此仍充滿期待與想像，也看到臺灣人大刺刺吃著粥。在日本社會與教育當中，對端莊、認真、賢淑即不能缺少的必要條件，呈現日本女性應有的婦德傳統，難怪鈴木怜子家人對路邊攤甚是排斥與限制。然她也繼續觀察臺灣的料理，說明排除美味，臺北有眾多旋轉壽司店，看到這些坐在旋轉桌前的客人親日模樣，就讓此呈現安心之氛圍。鈴木怜子藉觀看臺灣人吃什麼樣的食物，及其表情、氣氛看出這些人對日本人是否友善、和藹。

　　鈴木怜子的戰後臺灣書寫，依然呈現少部分政治無意識狀態，亦有殖民意識之感，她藉由書寫戰後臺灣的狀況與自我臺灣記憶所牽連，作為一種二元反思的比較書寫，更指出國民政府在戰後治理的臺灣問題並且給予關於二二八事件之大力批判。臺灣人書寫多以對她們相當友善、親日等方向進行敘事，更讓讀者感受她對臺灣的特別情感與故土思念。此為《南風如歌》之重點所在，亦是鈴木怜子欲告知日

---

51 鈴木怜子著、邱慎譯：《南風如歌：一位日本阿嬤的臺灣鄉愁》（臺北市：蔚藍文化，2014年），頁170。

本年輕人，臺灣、日本之關係匪淺，更有其歷史厚度與糾葛存在，不
容許被遺忘甚至刻意忽略。

第三節　臺灣與日本國族認同敘事

　　本節進一步討論在臺日人中島道一、灣生鈴木怜子於國族認同建
構上之敘事分析，運用蕭阿勤所撰述「敘事認同」理論作為依據。認
同問題乃眾多政治爭議之核心，認為必須探討故事在政治動員、衝
突、與變遷中的角色，尤其是那些政治認同敘事，亦即對於你、我是
誰的集體的、公共的答案。[52]在此欲先說明，為何將在臺日人中島道
一與灣生鈴木怜子之臺灣、日本故鄉認同與國族敘事併置討論說明，
是欲藉由兩者比較，追索在臺日人與灣生對臺灣或日本之故鄉觀有何
不同、差異性，進一步檢視兩者在認同敘事上，情節、結果及歷程有
何不同。

　　臺灣認同及其各種政治可能，是受到日本殖民主義與中國民族主
義某些特定的變化條件的制約與局限。[53]以至在殖民地臺灣活動的日
本人可能描繪出輪廓的矛盾性、有時也處於附屬狀態的認同所在地，
於是在分析中島道一的敘事認同關係時，必須注意到其受到的文化洗
禮與思想。中島道一為土生土長日本人，因工作需要而遷移，從日本
到上海之期間，因於上海的工作亦屬日方公司與體系，以至在適應、
認同上不會有偏差，在回憶錄中皆草草帶過。一九三一年從上海來到

---

52 蕭阿勤：〈認同研究中的歷史：過去的事實、社會的過程、與人類經驗的歷史性／
　　敘事性〉，收錄於張錦忠、黃錦樹主編：《重寫臺灣文學史》（臺北市：麥田出版，
　　2007年），頁34。

53 荊子馨著、鄭力軒譯：《成為「日本人」：殖民地臺灣與認同政治》（臺北市：麥田
　　出版，2006年），頁89。

臺灣的中島道一，從些許回憶錄片段與「小敘事」分析中可看出中島道一心境上對日本天皇之崇拜：

> 父親每天早上總是吩咐家人及僕人們分別排在他的後方，朝向太平洋彼方的皇宮方向，對著懸掛在鴨居[54]上方土色牆壁的「御真影」[55]擊掌默拜。
>
> 有時還會以「かけまくも畏き」[56]作開頭朗讀祝賀文，當時才小學二年級的我，總覺得無趣，因而不小心說出「皇后陛下是歪鼻子」的失禮之語。[57]

引文中可得知，每天早起中島道一皆帶領全家人，無論為日本人或臺灣人（例如僕人阿春），都需向天皇行禮，然作者在撰述自己父親之崇拜與思想，還有另句可印證中島道一的認同與歸屬並無因從日本至上海、又遷往臺灣而有所改變。「父親（中島道一）崇拜的天皇之國，終於在一九四五年八月宣告戰敗。」[58]中島道一對日本天皇的忠誠度、信仰依賴度不容質疑，更可從此話得知家人對自己父親的認知程度甚是了解。連鈴木怜子對天皇、皇后開玩笑，中島道一都會相當生氣、憤怒，鈴木怜子描述父親生氣模樣，額頭上冒出青筋，拿起放在走廊上的掃把，衝著跑，並氣喘吁吁地追趕，跑過幾間房間，跑過

---

54 鴨居：和室房間出入口處門框上的橫條木板。

55 御真影：此指對仰慕者玉照的尊稱，通常則是用來尊稱天皇及皇后之照片，此處係指昭和天皇及皇后。

56 日本敬賀詞的開頭，其意為：「很冒昧提及您的大名」，其後通常續接天皇、皇后或各種神名之名。

57 鈴木怜子著、邱慎譯：《南風如歌：一位日本阿嬤的臺灣鄉愁》（臺北市：蔚藍文化，2014年），頁41。

58 鈴木怜子著、邱慎譯：《南風如歌：一位日本阿嬤的臺灣鄉愁》（臺北市：蔚藍文化，2014年），頁44。

寬闊的走廊，來到庭院的游泳池畔。荊子馨指出，要成為「日本人」
不僅得具備內在的信仰，更重要的是還必須配合一連串的肢體行為
（拍掌以及高喊「天皇陛下萬歲！」）；這些肢體行為不只是從屬於
內在信仰，更是產生內在信仰的機制本身，也是種意識形態的物質
化。[59]鈴木怜子因年幼，感到無比害怕，哭喊的叫媽媽。可見父親是
位相當嚴謹、拘謹與守禮的人，鈴木怜子亦提及，於家中，他從沒見
過父親穿著內衣的模樣。

　　前述提及中島道一對高山的崇拜甚深，且在他們即將接受引揚回
日本祖國之時，鈴木怜子回憶起當時的雙親，尤其是父親，他眺望玉
山良久，對即將離別的臺灣百感交集。現在鈴木怜子似乎可以理解父
親當時的心情，對於決心埋骨深根拓墾、居住的臺灣，中島道一於離
臺前心情相當不捨，此敘事呈現出中島道一與臺灣的糾葛以及「愛臺
灣」之策略與感動。

> 倉庫的鐵絲網外有許多臺灣人前來跟我們送別，甚至有人遠從
> 高雄北上而來。被國民政府遣派來繼承父親公司的祝之瀨夫
> 妻，透過鐵絲網，塞了一支派克鋼筆給父親，另外給母親一只
> 翠玉戒指，送我一套粉紅色的旗袍。
> 我們搭乘的引揚船叫做「橘丸」號。當時，有位初老的男子發
> 現遠端的日本島時，不禁歡呼，大船即因右舷突然湧上一批小
> 跑步前來觀望的人，而產生劇烈的搖晃。這一瞬間，象徵了引
> 揚者對故鄉的思念。[60]

---

59 荊子馨著、鄭力軒譯：《成為「日本人」：殖民地臺灣與認同政治》（臺北市：麥田
　　出版，2006年），頁129。

60 鈴木怜子著、邱慎譯：《南風如歌：一位日本阿嬤的臺灣鄉愁》（臺北市：蔚藍文
　　化，2014年），頁70。

引文描述當在臺日本人接受引揚時，仍有許多臺灣人前來送行，更不計較時間與距離，承接管理中島道一公司祝之瀨夫妻，亦送上祝福禮物給父親、母親與鈴木怜子。緊接有許多在臺日人對於「回歸祖國」此事熱烈歡呼，這當然可以預期，因他們認為從「異地」回到「祖國」是值得慶祝、開心之事。但中島道一並不這樣想，根據鈴木怜子言，中島道一即抱著埋骨臺灣的決心，因而拼命奮鬥多年，誰能知曉一九四五年日本戰敗，在臺日本人要被引揚回所謂「祖國日本」，但有許多日本人已將臺灣視為自己家鄉，不願離開此地，灣生、在臺日人皆有此體會與感受，以至中島道一對臺灣，視其為「家鄉」。中島道一對故鄉的認同，因在臺灣打拼多年，除認同日本天皇外，亦視臺灣為家鄉。而鈴木怜子的回憶錄中回憶許多父親告知她些許回憶與記憶，更於回憶錄中提到：「回到日本以後，除非主動問起，否則父親一字也不再提及臺灣。」從此話顯示，必定為中島道一因對臺灣的懷念以及不捨，加上他得知臺灣因受到國民政府接管後有所變化，此變化與日治臺灣比較，即下滑，亦因中島道一將其殖民地臺灣之記憶封鎖，連想都不願意去想，除非有人問或是提及，否則他不會自動說明關於臺灣的事情。

　　認同應該被視為行動者在社會過程中對其所處的社會關係不斷理解與詮釋的過程與結果，而非內在於行動者的本質性要素，也非取決於這些本質性要素。[61]然做為一個帝國主義的後進國家以及唯一非西方的殖民國家，日本與日本認同永遠是銘刻在更大的關係結構當中，這個關係曖昧地將日本放置在西方旁邊與亞洲內部，這種相對關係可

61　蕭阿勤：〈認同研究中的歷史：過去的事實、社會的過程、與人類經驗的歷史性／敘事性〉，收錄於張錦忠、黃錦樹主編：《重寫臺灣文學史》（臺北市：麥田出版，2007年），頁35。

以說從十九世紀後期以來就不曾改變，[62]所以在訴說「我是日本人」
的同時，愈需注意這些非居住在日本內地日本人的認同問題與特殊。
綜論中島道一之故鄉認同，本節歸納中島道一為從一而終的認同自己
為日本人、天皇的子民，但對臺灣這片土地與人、事、物皆有一份歸
屬感、依賴感，雖然不到「認同臺灣」、「成為臺灣人」，但認同臺灣
這片土地與記憶。

　　中島道一雖身體上從日本移動至上海、再移動至臺灣、最後回到
日本，但其內心對「我是日本人」與「對天皇的忠誠」並無變動，唯
有對臺灣這片土地留下相對於上海濃厚、依賴之情感，更視臺灣為
「故鄉」、認同臺灣。以至藉由蕭阿勤討論臺灣鄉土文學與歷史敘事
的論述架構，以表格說明中島道一的敘事認同模式。

表 4-1　在臺日人中島道一故鄉認同的敘事模式[63]

敘事者	在臺日人中島道一
時間的演進	出生至離世（1892年至1980年5月13日）
中心主題	故鄉臺灣還是日本的認同建構歷程—— 1. 從埋骨臺灣並扎根 2. 對於日本天皇的忠誠 3. 以高山為信仰拜別臺灣 4. 引揚後對臺灣的記憶
情節	戰前：一九三一年來到臺灣後，每日早晨必定起身帶領全家族一同對天皇、皇后進行朝拜。然而在引揚過程中感嘆為何離開埋骨決心深根的臺灣、離開故鄉的心情。

---

62 荊子馨著、鄭力軒譯：《成為「日本人」：殖民地臺灣與認同政治》（臺北市：麥田
　　出版，2006年），頁160。

63 表格的製作，參閱蕭阿勤：〈臺灣文學的本土化典範：歷史敘事、策略的本質主義
　　與國家權力〉，《文化研究》創刊號（2005年9月），頁107。

敘事者	在臺日人中島道一
	戰後：如無需要，不會主動講述關於臺灣的事情。
結尾	中島道一中心思想仍以日本天皇為中心，認同日本帝國為其祖國，但對臺灣這片土地呈現不同於日本帝國的「故鄉」之感，但不到「認同」。

　　敘事即使有種種不同的定義，但歸納來說，這些定義共通地指出，敘事是「以具有清楚開頭、中間、結尾的次序來安排事件的一種論述的形式」，而這正是大多數研究者所認為的敘事——或故事——的基本特質。對於事件做開頭、中間、結尾的序列安排，使之具有「情節」（plot），是敘事最重要的特徵；亦即「情節賦予」（emplotment），是使事件的陳述具有敘事性（narrativity）的最重要關鍵。[64]表4-1可見以在臺日人中島道一為敘事者中心，檢視認同臺灣、日本為故鄉的敘事模式分析，從此表之呈現更能清楚看出認同敘事結構的中心主題及情節鋪排之順序性與進程。本表要指出的結論在於中島道一中心思想仍是以日本天皇為中心，認同日本帝國為祖國，但對臺灣此片土地呈現不同於日本帝國的「故鄉」之感，但不到「認同」。

　　每一次身分的調整皆會影響到我們對空間及其文化的認同與認知，對空間認同產生改變之時也會影響對某一種或一種以上的身分認同。[65]以至在討論認同問題時，必然牽扯到空間、時間、文化、階級、族群等，且在認同掙扎上有其特定的歷史條件，而且多發生在殖民意識型態之下，灣生的存在介於臺灣人與日本人之間，相對於日本內地人，他們亦算是「被殖民」一方，所以在認同臺灣或是日本必定有其掙扎。灣生鈴木怜子對故鄉臺灣與日本祖國之間的敘事與認同建

---

64 蕭阿勤：〈臺灣文學的本土化典範：歷史敘事、策略的本質主義與國家權力〉，《文化研究》創刊號（2005年9月），頁102。

65 范銘如：《空間／文本／政治》（臺北市：聯經出版社，2015年），頁92。

構問題，將在回憶錄中怎樣呈現？有待筆者進行深入剖析。

　　本章第一節曾討論鈴木怜子於殖民地臺灣成長敘事，談及鈴木怜子於一九三五年出生殖民地臺灣，因當時母親身體微恙，她喝臺灣人奶媽阿岩之奶水長大，亦因此所以她與日本內地日本人有許多差異性，更視為擁有「亞熱帶」思想之日本人。爾後亦談論臺灣人作伴、成為友好之朋友：

> 僕人阿春才十來歲，體型嬌小，總是把頭髮往後束，露出高高的額頭。阿春常對著年幼的我說自己是「養女」，還說自己「要結婚」。不論是「養女」或是「結婚」，都超出我當時的理解範圍。[66]

回憶錄中談及小時候鈴木怜子與臺灣人僕人阿春活動，及相關談論，在日治時期的臺灣日常生活中，養女風氣相當盛行，且都涉及金錢交易與買賣行為，運氣好生活無憂無慮，但如運氣不好，一輩子從事勞動工作亦常有之事，柯任光曾指出，這樣的風俗與風氣導致現在在從事日治時期的宗族研究、家族史料彙整與爬梳時會遇到戶籍資料誤謬、改姓名等問題。[67]然於戰後初期，鈴木怜子全家尚未接受引揚回日本祖國，這段期間上下學也接受臺灣人流氓保護，為不受到藉助戰勝國國民政府而藉此囂張的臺灣小孩攻擊及臺灣家長之吹鼓，引揚前接手中島道一公司之祝之灝夫婦也前來送禮、送行，前往阿里山受到原住民的問候與關照等，上述臺灣人友善的種種皆讓鈴木怜子對臺灣

---

66 鈴木怜子著、邱慎譯：《南風如歌：一位日本阿嬤的臺灣鄉愁》（臺北市：蔚藍文化，2014年），頁54。

67 柯任光：〈日治時期戶口資料在家族史的應用案例——兼述戶籍電子化姓氏誤植問題〉，《臺灣源流》第76期、第77期（2016年10月），頁120-121。

這片土地更加不捨，除出生於此地之外，更擁有份不能割捨、與臺灣人無形之間之羈絆。「亞熱帶性格」對鈴木怜子來說，無論回到日本或是其他地區，此性格灑脫、不拘小節皆呈現在其生活當中：

> 臺灣人普遍較為開放，雖然有些人不喜歡一意孤行，但大致不拘小節。對我而言，選擇臺灣有一個優勢，那就是由於過去的日本殖民地政策，迫使老一輩的人都懂日語。若要求當地人在日常生活以及心理層面上多加注意小節，對南國的民族而言，或許過於苛求；但我倒認為乾脆俐落的臺灣人個性，較能使人輕鬆自在。[68]

此段文字即鈴木怜子在想是否要來臺灣養老時所考量之原因之一，她談到臺灣人個性較為開放，大致不拘小節，亦認為乾淨俐落的臺灣人個性，比較能夠讓人感覺輕鬆自在。這與她自我認為自己存有「亞熱帶」個性符合，亦能從中發現，同樣個性之人，多會同聚在一起，鈴木怜子想法也亦如此，如個性能更互相，不會有摩擦或不適應，此生活或許較為自在且輕鬆。

> 我和一位全國性大報的記者結婚。外子總是說，在臺灣長大的我，和日本長的女生相較之下，較為灑脫，且大而化之。甚至用大刀闊斧、狂妄不羈來形容我。
>
> 我娶了一位不知道日本習俗的臺灣人。[69]

---

68 鈴木怜子著、邱慎譯：《南風如歌：一位日本阿嬤的臺灣鄉愁》（臺北市：蔚藍文化，2014年），頁156。

69 鈴木怜子著、邱慎譯：《南風如歌：一位日本阿嬤的臺灣鄉愁》（臺北市：蔚藍文化，2014年），頁203、頁204。

鈴木怜子於回憶錄寫到，自己與丈夫的婚姻，丈夫也常說自己老婆與其他日本女子不同，有特殊之處，即較為灑脫、大而化之，甚至不知道日本的傳統習俗。在一般刻板印象當中，亞熱帶地區之人會顯得比溫帶地區之人來得熱情、不拘小節，雖無具體證據但是可做參照與比較。鈴木怜子從生活習慣、記憶經驗當中，已呈現出與「內地日本人」不同的特殊性與可比較性。無論鈴木怜子於身分認同上是否認為自己為日本人或是臺灣人，但在不知不覺當中，她已呈現出「非本土日本人」亦「非本土臺灣人」之姿態與性格：

> 回國後，我家的生活環境就掉到谷底。雖說在臺灣受到呵護成長的我，對戰後廢墟的殘狀，以及在那種環境居住的人們之行為舉止等，也有些許的概念。但卻沒想到現實的殘酷仍然遠遠超越我的理解範圍。井底之蛙需要張大眼睛看清楚這個世界，至於其他記憶，就輕輕地收藏在內心之井底吧。[70]

鈴木怜子意識到在臺灣時自己猶如井底之蛙，並沒有好好了解現實與理想差距甚遠，所以最後一句「至於其他記憶，就輕輕地收藏在內心之井底吧。」是欲將關於臺灣的記憶先暫時封鎖，因內地日本人對從臺灣回來的日本人有許多囈語等問題，根據林上哲的研究指出，二次大戰結束，臺灣脫離日本長達半世紀統治。國民黨政府設立臺灣省行政長官公署，掌控行政、立法、司法等權力，而當時全省衛生行政最高機構則是衛生局，負責業務包括接收日人之衛生醫療機構，且開始推動全省地區之公共衛生。然而，經歷二次大戰、美軍大轟炸戰爭之時，臺灣各地房舍破壞不堪、環境衛生不佳，疾病猖獗，霍亂、

---

70 鈴木怜子著、邱慎譯：《南風如歌：一位日本阿嬤的臺灣鄉愁》（臺北市：蔚藍文化，2014年），頁70-71。

天花、鼠疫等流行疾病再度流行，對於民眾的生命健康遭受重大的威脅。[71]據上述，以至內地日本人也害怕這些從臺灣回來之日本人有傳染病等所以避而遠之。

一九八六年，戰後第二次返回臺灣時之回憶錄有記載下面這句話：「過去我曾對臺灣的巨變感到失望。我不希望再以難過的心情回到故鄉，也不敢觸碰任何敏感的議題。」[72]當時臺灣因國民政府來臺出現許多事件讓臺灣這塊土地有許多動盪且不安，例如二二八事件、白色恐怖等，在日本或留學時之鈴木怜子時常關注臺灣一舉一動，亦有許多消息從父親那兒聽來。此刻心情是她很想回到那理想的家鄉，但是是以開心的心情回到故鄉，不希望因敏感議題或難過心情再一次來到臺灣。從此了解，無論戰前或戰後，鈴木怜子心裡那個臺灣永遠是她的故鄉，她的心與認知仍處「凝結的時空」，雖臺灣現在已不歸日本所管轄、治理，但於鈴木怜子心中之臺灣仍屬祖國日本其中一塊土地、吾之家鄉之感，以至鈴木怜子之身分認同從未轉移，仍認為自己是「日本人」，但其心境上之遷移是從臺灣島到日本島的地理遷移，思念與歸屬部分，臺灣仍占大部分：

> 對雙親或我而言，臺灣是既無血緣也無地緣關係的國家，而我卻在該地健康而快樂的成長，直到小學畢業。撤退歸國之後，為了要適應日本社會的規範，我總是覺得忐忑不安。[73]

---

71 林上哲：〈戰後初期臺灣傳染疾病問題之探究（1945-1949）〉，《洄瀾春秋》第5期（2008年7月），頁16。

72 鈴木怜子著、邱慎譯：《南風如歌：一位日本阿嬤的臺灣鄉愁》（臺北市：蔚藍文化，2014年），頁104。

73 鈴木怜子著、邱慎譯：《南風如歌：一位日本阿嬤的臺灣鄉愁》（臺北市：蔚藍文化，2014年），頁204。

鈴木怜子回顧自我身世，發現現今臺灣雖與祖國日本無血緣亦無地緣關係，但是她是在這片土地上出生、成長至十二歲，反而撤退後回到真正「祖國」日本，心中總覺格格不入。從此可知鈴木怜子的故鄉一直於臺灣這片土地上，不管是否已經撤退，身體回到日本內地，心都依然留於臺灣。

綜論上述爬梳鈴木怜子的故鄉臺灣與日本身分認同建構敘事之問題，故鄉認同部分鈴木怜子無論是在哪一國家，都對「臺灣」這塊土地有所牽掛與懷念、懷想，但因其思想「凝結時空體」之關係，她仍覺得臺灣是日本的一部份、是其殖民地區。所以在其敘事認同的過程中，建構出鈴木怜子出生到現在，都認為自己是「日本人」之狀態，但在某些行為、生活、經驗上與土生土長於日本內地日本人有所差異，因其灣生之特殊身分與經驗，產生鈴木怜子特殊性，無論在個性上或記憶、經驗中皆然，所以也從中看出，她試圖成為、認同的並非臺灣人、也非日本人，而是一種對「灣生」的想像與身分建構，在上述的敘事過程中也可以看出，她不避諱指出自己的亞熱帶性格、或是別人對她的多重描述，亦都欣然接受，也認為自我的灣生特殊性與特色，有「成為灣生」的嚮往。與其父親中島道一相異的是，其父親即土生土長之日本內地人，是因經商需要而來到臺灣，雖然在前面已提到說中島道一是希望能在臺灣做出一番事業，但因戰敗被引揚回日本而告終，對臺灣依然存在思念與不捨，但與本身就是灣生的鈴木怜子來說，她出生即在臺灣這片土地，成長亦是，最後也想回到臺灣定居生活，此臺灣想念與認同臺灣這件事情比其父親中島道一更加明顯、凸顯。

敘事不只是一種認知工具，更構成我們存在的本身，是我們存在與建構自己的基本方式。人們訴說的故事與他們對一連串和自我存在與自我實現相關的問題，包括：「我（們）是誰？」、「我（們）要成

為怎樣的人？」、「什麼是有意義的生活？」、「我（們）應該怎樣追求
這種生活？」、「我（們）的生活目的與利益何在？」，也就是敘事與
認同之間的關係等議題。[74]從鈴木怜子的回憶錄中可看到其建構自身
認同之敘事歷程，以下亦透過分析指出此敘事模式將如何進行。

表 4-2　灣生鈴木怜子故鄉認同的敘事模式[75]

敘事者	灣生鈴木怜子
時間的演進	臺灣日治時期以來（1935年迄今）
中心主題	故鄉臺灣還是日本的認同建構歷程—— 1. 出生於殖民地臺灣 2. 喝臺灣人奶媽的乳汁直至斷奶 3. 亞熱帶性格的生成 4. 臺灣人對自己／家族的好與關切 5. 返臺定居
情節	戰前：出生於臺灣，且喝臺灣奶媽乳汁，生成其亞熱帶性格，並且與臺灣人的互動生活，也接受他們的好，直至一九四八年接受引揚回日本。 戰後：因回日本的環境不適應更導致其身體微恙，後進行跨國的移動，在其個性上，丈夫也訴說著娶了一位不像日本女子的日本女子。 今日：多次返臺，甚至定居兩個月以上，且思念在臺灣的老友、醫生等。
結尾	鈴木怜子從出生到現在，都認為自己是「日本人」，但於行為、生活、經驗上與土生土長在日本內地之日本人有所差異，

---

74 蕭阿勤：《回歸現實：臺灣1970年代的戰後世代與文化政治變遷》（臺北市：中央研究院社會學研究所，2008年），頁40。

75 表格的製作，參閱蕭阿勤：〈臺灣文學的本土化典範：歷史敘事、策略的本質主義與國家權力〉，《文化研究》創刊號（2005年9月），頁107。

敘事者	灣生鈴木怜子
	呈現「非臺灣人」亦「非日本人」的狀態，關鍵反而是「成為灣生」。灣生有著特殊的身分與經驗，產生了鈴木怜子的特殊性，無論是個性或記憶、經驗皆然。

　　約翰・伯格說到，當我們「看著」（see）一片風景時，我們是置身在風景裡。假使我們「看了」（saw）過去的藝術，我們就將置身於歷史當中。[76]鈴木怜子於序文中，即呈現想念臺灣的敘事開端：

> 總會有一幕難以忘懷的情景出現在徹夜難眠的夜晚。在半睡半醒中，我試圖思考著即將發生的事，但終究僅留下周遭的一片寂靜。聽到此般夢境中斷而深信來生轉世的友人對我說：「妳的前世突然終止於竹林，代表妳一定會在那兒往生。」
> 假使我的前世真的在深山中結束，接著引領此生而在夢中不斷出現的情景，一定和現已成為異國的臺灣（也就是我的出生地）有著密切的關係。[77]

從夢中情景當作開頭，鈴木怜子其實相當清楚表明關於她對臺灣之想念，這亦使其策略性之合理與運用甚佳，於敘事認同模式上更能明確指出對臺灣認同與想念。

　　後殖民批評曾提出，關於後殖民的批判論述，其特點有四，分別為意識到歐洲以外的地域被表徵為異域，或不道德的他者；關注被殖民者的語言使用的不安與相關問題；強調身分的雙重性、混雜性和不

---

76 約翰・伯格著、吳莉君譯：《觀看的方式》（臺北市：麥田出版，2005年），頁15。

77 鈴木怜子著、邱慎譯：《南風如歌：一位日本阿嬤的臺灣鄉愁》（臺北市：蔚藍文化，2014年），頁23。

穩定性；對跨文化互動的強調。[78]灣生雖為日本人，但因在殖民地臺灣出生成長，與臺灣人的關係雖為「統治者──被統治者」的關係，但相較於內地日本人，這些人與灣生也呈現「統治者──被統治者」關係，即因內地日本人認為殖民地出生的日本人位皆較低、不夠正統。所以以後殖民的視角來看，身分雙重的混雜性與不穩定性就在灣生身上出現，更能從上述認同分析的過程看到，鈴木怜子的表述呈現「非臺灣人」亦「非日本人」的狀態，在認同上也不單一，呈現內心混雜的特殊性。

　　綜論本章，從《南風如歌》的臺灣書寫為中心，探討灣生鈴木鈴子的成長敘事，藉由日治時期時空與鈴木鈴子本身的生活、成長經驗，放入臺灣人奶媽「乳汁」精神血液情節，訴說鈴木鈴子在有意識／無意識自己生活在殖民地臺灣下的書寫。戰後訪臺的阿里山書寫，亦透過記憶敘事來說明父親對高山的崇拜，還有及臺灣人與之互動的友善情節畫面，皆是作者有意識之安排，凸顯自己與臺灣的友好關係與想念故鄉的敘事結構。最後再以「敘事認同」的觀察視角討論在臺日人與灣生故鄉認同、國族敘事的歷程分析，以中島道一與鈴木怜子為探論對象，更剖析鈴木怜子書寫意識轉變過程。本章發現，在此分析視域下，透過敘事認同爬梳情節設定與文本書寫的特殊性，是一種能理解灣生回憶錄於書寫策略及身分認同建構上之方法，前行研究中並無運用此法來分析灣生回憶錄，希冀本章的實驗性嘗試有其價值與研究成果。

---

78 Barry, peter., *Beginning Theory: An Introduction to Literary and Cultural Theory.* 4th Rdition.(Manchester University Press,2017), pp. 194-294.

第五章

結論

　　歷史與作品是相互的投射或重現，歷史也是經由作品銘刻、轉譯、再思與重塑的過程。為了認識整體環境對作品的影響，經驗不僅需要被了解，更需要連同作品本身被解讀。[1]灣生的回憶錄作品凸顯歷史與文學之間的關係，藉以再現記憶、重構對臺灣以及日本帝國的認同歸屬，可讓研究者與讀者知曉灣生在臺日歷史關係與意義上的特殊性存在。

　　本文以「灣生」為研究主軸，聚焦於灣生女性鈴木怜子，分析其生命經驗、成長歷程以及創作之回憶錄《南風如歌：一位日本阿嬤的臺灣鄉愁》。研究主要論述進程有三：第一，釐清灣生鈴木怜子在日治時期的生長經驗以及家族資本問題，除翻閱回憶錄文本進行研究外，亦找尋相關史料與文獻作為參照輔助，爬梳戰前鈴木怜子一家人之生活、文化活動與創作作品。第二，探討《台湾乳なる祖国──娘たちへの贈り物》回憶錄的創作動機、設計策略、翻譯始末以及書寫位置的敘事視角，從外緣研究之視域以及文本的重要資訊。第三，從回憶錄戰前至戰後的臺灣書寫中，運用「敘事認同」觀察方法討論在臺日人、灣生的故鄉認同與國族敘事，以中島道一與鈴木怜子為例。

　　研究開端首先提出灣生研究的問題意識，亦分別在結論說明研究發現與成果總結。緊接以資料庫的應用，探尋多樣灣生的史料與文獻，藉由「文獻分析」的方法探論鈴木怜子與其父中島道一於日治時

1　林淑慧：〈跨界的迻譯：以《臺灣教育會雜誌》漢文報為探討範疇〉，《旅人心境：臺灣日治時期漢文旅遊書寫》（臺北市：萬卷樓圖書公司，2014年），頁344。

期臺灣的文化活動與成長經驗。中島道一為「日華紡績」的負責人，一九三一年來到臺灣，也於一九三八年獲選臺北商工會一級議員，《臺灣日日新報》亦有刊載開票結果。因中島道一的職務關係，多發表生技報告、科學社論、演講稿等，部分則是和歌、散文的創作。從中發現，中島道一於殖民地臺灣的身分位皆屬中上階層，對出生於殖民地臺灣的灣生鈴木怜子，生活條件、優渥程度皆不錯，也進行一系列的史料回顧與爬梳，討論家族背景與殖民地經驗的大小事蹟。再來著重於在臺日人、灣生引揚的集體記憶的離散問題。中島道一因為技術人員，以至於戰後初期接受引揚時間較晚，約在戰後引揚七期中，一九四八年第五期才接受引揚，其家眷亦然。然灣生的集體記憶以及被迫引揚的離散敘事，影響引揚者思想、認同、記憶上的轉變甚深，對故鄉臺灣看法亦呈現特殊性，以至鈴木怜子在引揚回日本後，因不習慣日本的生活，加上生活品質不像於殖民地臺灣時優渥，使其有錯置、不得其所之感。當某件事或某個人被判定為「不得其所」，他們就是有所逾越（transgression）。逾越就是指「越界」。不像「偏差」的社會學定義，逾越本然是個空間的概念。逾越的這條界線通常是一條地理界線，也是一條社會與文化的界線。逾越可能是犯罪者蓄意而為，也可能不是。重要的是，遭受這種言行干擾的人，視其為逾越。[2]因鈴木怜子的不得其所，無法久待日本，亦得到重病，以至十八歲那年就拿著獎學金前往美國攻讀美術，且鈴木怜子在離散敘事上有兩次，一為戰後初期的集體引揚，二為自我的不得其所而被迫離散至美國繼續求學。又爬梳戰後灣生創作與媒體爭議問題，灣生創作主以鈴木怜子的創作經歷與成果為主、另兩位灣生，立石鐵臣的繪畫作品、於保誠的繪本作品為參照與輔助說明戰後灣生的創作形式與多元性。媒體

2　柯瑞斯威爾（Tim Cresswell）著、徐苔玲、王志弘譯：《地方：記憶、想像與認同》（臺北市：學群出版，2006年），頁164。

爭議則主要回應二〇一五年紀錄片《灣生回家》以及陳宣儒，冒用假名田中實加號稱灣生後裔的媒體醜聞，讓許多閱聽者對於「灣生」的真實度產生遊移。灣生的歷史意義與存在價值絕不因媒體渲染或是紀錄片《灣生回家》的市場獨占而消失或成為一言堂，應多觀看不同灣生的作品、訪問才有其參考性與真實性。

　　關於回憶錄的成書過程與書寫策略的問題，起先從與譯者邱慎的訪談、回憶錄文本、及雜誌對鈴木怜子的專訪，分析本書籌備始末與鈴木怜子的創作初衷，鈴木怜子認為現下日本年輕人對臺灣甚是無知，所以使用《台湾乳なる祖国——娘たちへの贈り物》此書名、題目來吸引日本年輕人閱讀，甚至看到書名「臺灣」就會進一步想去了解，此為鈴木怜子的創作初衷。而於翻譯過程，鈴木怜子與譯者邱慎因為是關係良好之朋友，因此翻譯的過程相對順利，本文著重分析書名的翻譯，也觀察到「南風」與中國古典《詩經》美學的關係性。鈴木怜子晚年的人生感悟有欲望的看淡、具備獨立且樂觀進取的人生態度、對新鮮事物的探索以及當地文化的深根與了解，這些人生體悟與展現，亦因受到人生的風波與責難而形塑出來，此性格形塑可大膽指出為灣生所特有。敘事位置的特殊性，在鈴木怜子是於什麼觀點下書寫本書，雖然鈴木怜子試圖在描述臺灣時站在「異國」的角度書寫，但於行文當中隱約透露出其殖民無意識。且在人物刻劃與文化差異的論述中，鈴木怜子在人物描述技巧的運用相當多元，有記憶的重現、側面烘托、歌詠、行動描述、性格刻劃等；文化差異則以敘事方式，再現臺灣、日本在擦皮鞋、信仰、飲食、日常生活文化的不同，亦說明鈴木怜子臺灣經驗的豐富性與在乎性。

　　本文強調「敘事認同」研究的重要性，且以此觀察視角來分析在臺日人中島道一、灣生鈴木怜子的故鄉認同、國族建構與認同敘事。整體而言，鈴木怜子的敘事認同模式進程為：從一九三五年幼時的成

長過程與經驗，經過一九四八年的引揚，因回日本的環境不適應更導致其身體微恙，爾後進行跨國移動，在其個性上，丈夫也訴說著娶了一位不像日本女子的日本女子。說明鈴木怜子從出生到現在，都認為自己是「日本人」，但在行為、生活、經驗上是與土生土長在日本內地之日本人有所差異，呈現「非臺灣人」亦「非日本人」的狀態。鈴木怜子在書寫回憶錄時不避諱討論自己身分的混雜性，也因灣生的特殊身分與經驗，產生鈴木怜子的特殊性，無論在個性、記憶或經驗上都有別於其他日本人，甚至其他灣生，以至在敘事的過程中鈴木怜子也在找尋自我對於「灣生」的定位，成為「灣生」。中島道一從埋骨臺灣並扎根、對於日本天皇的忠誠、以高山為信仰拜別臺灣、引揚後對臺灣的記憶等敘事情節，指出其中心思想仍以日本天皇為中心，認同日本帝國為其祖國，但對臺灣這片土地呈現不同於日本帝國的「故鄉」之感，但不到「認同」。

　　本文對於灣生的研究，有其意義與詮釋的多元視角，包括重新思考「灣生」一詞的意義與在臺日歷史上的定位，藉詳細爬梳相關史料、前行研究對於灣生的定義，更明確指出一詞的界定範圍。灣生鈴木怜子的研究甚少，前行研究探討鈴木怜子及《南風如歌》多仍是書評或單篇論文。且本文在詮釋分析回憶錄與相關文本、史料時，運用敘事認同為觀察的理論方法，認為以敘事認同為觀察取向的論文與著作已豐碩，但並無前行研究將此方法運用在探討「灣生」議題，探究其身分認同、國族意識與敘事建構。灣生群體目前正在凋零，希冀有更多學術研究者能關注灣生議題，灣生將於世界上消失，成為臺灣與日本歷史上的「過去式」，這亦是本研究的價值所在。

　　研究展望方面，本議題的相關研究在未來仍有繼續發展的空間。首先，灣生不只鈴木怜子一人，本文集中以鈴木怜子為探討中心，但其他的灣生是否也有相關的創作作品？如採用「比較視域」的方法重

新觀看多位灣生在敘事認同上之差異、或是臺灣書寫的不同面貌，這都是本研究可以再繼續挖掘、延展的部分。從「引揚」的視角來討論，臺灣接受引揚的日本人，除了灣生之外，亦有在臺日人，許多接受引揚的日本人回到祖國日本後即有書寫關於臺灣的鄉愁與記憶，這亦是另一個研究議題的展開，在於這些引揚者如何書寫臺灣、對臺灣的鄉愁意識為何，甚至跳脫文學研究的框架，討論戰後引揚者的生活時態與際遇，也是另一種對於本研究的延申與方法。日本帝國的殖民地除臺灣之外，還有滿洲國及朝鮮地區，在這兩殖民地亦有「在滿日本人」與「在朝日本人」，分別稱為滿生與朝生，這兩種身分的殖民地日本人，亦於一九四五年日本戰敗後接受引揚回日本帝國，他們的文學創作或回憶錄亦是延伸研究的資料範疇，更是較特殊、新穎的研究視域。

　　二〇一八年是日本平成時代的末年，本文討論的是經歷昭和與平成時期的灣生鈴木怜子之殖民記憶，做為後平成時代的讀者，當然包括筆者在內，此臺日歷史的經驗與生命刻劃，又代表何種意義？或許「灣生」這樣特別身分的一群體，正在逐漸凋零當中，然因九〇年代臺灣解嚴後有更多元的環境，二戰的殖民事件與記憶更被關注，以至此研究的價值也不言而喻，本研究透過灣生鈴木怜子與《南風如歌》，勾勒其家族的歷史脈絡與爬梳，亦有關於回憶錄《南風如歌》的各種閱讀架構。個案是反映更大的社會現象與歷史問題，關於灣生在臺灣文學領域的研究，目前仍是小眾，期許自己在未來能進一步討論更多灣生、引揚者等作品，釐清時代脈絡、身分認同與國族意識的建構問題，厚植臺日研究的底蘊，發揚臺日文學與文化的淑世意義。

後記

　　我在碩士論文完稿的謝誌中，第一句寫下：「這本論文，獻給我在天上的外公。」如今這本學位論文出版的後記，我依然要以此開頭。

　　文學研究的道路始終不好走，能夠繼續走在此道上的人，可能都有無比堅強的「意志力」吧！很多人問我：「讀文科出來要幹嘛？」但我的外公從來不問我這些，只會提醒我多看什麼書、多學哪些道理。我憶起前幾年我們還一起在家中用書法字撰寫春聯，那大氣、遒健的筆鋒我始終學不來，也無人取代。現在回想起來，仿若昨天之事，歷歷在目。我期待與他分享這本書，希望他能夠在天上看見我的努力與成長。

　　灣生的研究其實不太好做，因為在臺灣的學術研究領域中，尚未出現大量灣生的研究熱潮，到目前為止也都只有零星的研究出現，所以在寫這個研究的時候，心裡總是坎坷不定，如今總算有一些成果了，我相信這會是個好的開始，也讓更多人看到灣生的文學以及人生。

　　這本書的完成，一定要感謝鈴木怜子女士，如果沒有您的文學創作，也就不會有這本研究成果，希望有機會能將這本書親自交到您的手中，以表感謝。

　　從大學開始，我就接觸臺灣文學以及文學創作，考上碩士班後，我依然研究臺灣文學，我不知道我累積了多少，但我只知道，在這條研究與學問的路上以及本書的完成，我有許多人要感謝。

　　很多人謝誌都把感謝家人的話放在最後，但我不依。父母從不在物質上、生活上給我壓力或負擔，他們始終擔心的是我的身體是否康

健？以及今天有沒有睡飽？外婆嘴上不說，但心中默默支持者我，也都給予我最大的鼓勵。姐姐也是，她打從心底支持我做想做的事並且給予最真摯的關愛，謝謝我有一位這麼好的手足。我必須感謝我的家人，給了我最強大的後盾，雖然我仍認為我距離家人對我的「理想」還有一段距離，但我會繼續努力，成為一位值得家人驕傲的人。

特別感謝指導教授林淑慧老師，在論文撰寫過程中給予多方的思考建議與修改，更多的是對於人生方向的關心與討論。如果沒有您在一旁適時的提醒與鼓勵，我想我應該還陷在漩渦當中，走也走不出來。謝謝莊佳穎老師在修課期間就給予我甚大的肯定，也在計畫與學位口試上指出論文中的不足、撰寫與調整方向，老師在理論的學養與社會學的專業亦是我學習的方向。謝謝朱惠足老師從臺中北上參加學位口試，點亮我年久失修的腦袋，並給予論文更宏觀、更大膽的突破與嘗試。老師們的提點使我的論文架構更全面，也更能掌握問題意識，甚是感謝。

在學術研究的路上，還有多位老師一直給予我提攜與幫助，無論是學問上、或是人生上、甚至是生活上。首先是從大學以來就一直特別關心我的李翠瑛老師，從大三開始就跟著您一起辦文學獎，受到您的提攜與關心，更重要的是您給予我許多機會，讓我能夠放手做、用心學。直到現在，您始終將學生放在心上，無論是學術前景或是人際生活，無不仰賴老師的指點與關懷。許俊雅老師讓我碩士班修課時喜愛上學術研究，尤其關心臺灣等相關議題，亦於我升學以及學術討論上，給予許多建議與提攜，甚是感謝。張曉生老師，您可以稱之為我的「學術救星」！在我一度放棄繼續走學術研究的時候，您給了我最大的肯定，認為我還是能夠有很好的機會與發展，鼓勵我不斷進步，持續用功。于乃明老師，謝謝您一直用心的教導我日語，並給予人生與學術上的提攜。

　　學術的夥伴是讓我能夠繼續前進的動力，但要感謝的人實在太多。摯友維超、李亭、佑祥、亮庭、昀蒨，以及學長姐勤子、家真、詩敏，特別著重感謝你們，沒有你們我的研究之路不會如此精彩。也謝謝自己擁有理想、有目標，並有一顆堅強且好勝的心。

　　最後，感謝鳳氣至純平老師撰寫推薦序，讓這本書增添亮彩，鳳氣至老師是第一個閱讀我灣生研究的老師，請他撰寫推薦序絕對適合，我們也因此結下了良緣，感謝他的推薦；謝謝譯者邱慎老師接受我的採訪，讓本研究更完整。謝謝我的學生給予我在教學上的成就感；謝謝萬卷樓出版社的張晏瑞副總編輯，以及我的責任編輯林以邠女士，沒有你們就不會有如此細緻、美麗的學術論著。

　　這是我的第一本學術專書，敬請過目、指正。我會繼續努力，成為一個更好的人。

蔡知臻

二〇二〇年一月十二日撰於貓空山下之家

參考書目

一　鈴木怜子（すずきれいこ）著作

鈴木怜子著、邱慎譯　《南風如歌：一位日本阿嬤的臺灣鄉愁》　臺北市　蔚藍文化　2014年

鈴木 れいこ　《世界でいちばん住みよいところ》　東京都　マガジンハウス　1997年

鈴木 れいこ　《日本に住むザビエル家の末裔——ルイス・フォンテス神父の足跡》　東京都　彩流社　2003年

鈴木 れいこ　《ワトソン・繁子——バレリーナ服部智恵子の娘》　東京都　彩流社　2006年

鈴木 れいこ　《旺盛な欲望は七分で抑えよ——評伝昭和の女傑松田妙子》　東京都　清流出版　2008年

鈴木 れいこ　《台湾乳なる祖国——娘たちへの贈り物》　東京都　彩流社　2014年

二　中文專書

下山一自述、下山操子譯寫　《流轉家族——泰雅公主媽媽、日本警察爸爸和我的故事》　2011年　臺北市　遠流出版

卞鳳奎　《日治時期日人在臺灣移民之研究》　新北市　博揚文化　2016年

巴蘇亞・博伊哲努（浦忠成）　《敘事性口傳文學的表述：臺灣原住
　　民特富野部落歷史文化的追溯》　臺北市　里仁書局出版
　　2000年

王甫昌　《當代臺灣社會的族群想像》　臺北市　群學出版　2003年

王明珂　《華夏邊緣——歷史記憶與族群認同》　臺北市　允晨文化
　　1997年

王明珂　《反思史學與史學反思：文本與表徵分析》　臺北市　允晨
　　文化　2015年

王惠珍　《戰鼓聲中的殖民地書寫——作家龍瑛宗的文學軌跡》　臺
　　北市　臺大出版中心　2014年

朱惠足　《帝國下的權力與親密：殖民地臺灣小說中的種族關係》
　　臺北市　麥田出版　2017年

吳文星　《日治時期臺灣的社會領導階層》　臺北市　五南出版
　　2009年

吳佩珍　《真杉靜枝與殖民地臺灣》　臺北市　聯經出版　2013年

吳佩珍等撰文　《相遇時互放的光亮：臺日交流文學特展圖錄》　臺
　　南市　國立臺灣文學館　2016年

呂紹理　《展示臺灣：權力、空間與殖民統治的形象表述》　臺北市
　　麥田出版　2011年

李有成　《離散》　臺北市　允晨文化　2013年

杜維運　《史學方法》　臺北市　三民書局　1999年

周婉窈　《海行兮的年代》　臺北市　允晨出版　2003年

林芳玫　《永遠在他方：施叔青的「臺灣三部曲」》　臺北市　開學
　　文化　2017年

林淑慧　《臺灣文化采風：黃叔璥及其《臺海使槎錄》研究》　臺北
　　市　萬卷樓圖書公司　2004年

林淑慧　《臺灣清治時期散文的文化軌跡》　臺北市　臺灣學生書局
出版　2007年

林淑慧　《禮俗、記憶與啟蒙：臺灣文獻與文化論述及數位典藏》
臺北市　臺灣學生書局出版　2009年

林淑慧　《旅人心境：臺灣日治時期漢文旅遊書寫》　臺北市　萬卷
樓圖書公司　2014年

林淑慧　《再現文化：臺灣近現代移動意象與論述》　臺北市　萬卷
樓圖書公司　2017年

林鎮山　《離散、國家、敘述》　臺北市　前衛出版　2006年

林鎮山　《原鄉‧女性‧現代性》　臺北市　前衛出版　2011年

武之璋　《臺灣光復日產接收真相暨檔案彙編》　臺北市　致和出版
2017年

邱永漢　《富者的弱點：有錢的煩惱》　臺北市　允晨文化　1994年

邱函妮　《灣生‧風土‧立石鐵臣》　臺北市　雄獅出版　2004年

邱貴芬　《「看見臺灣」：臺灣新紀錄片研究》　臺北市　臺大出版中
心　2016年

邱雅芳　《帝國浮夢：日治時期日人作家的南方想像》　臺北市　聯
經出版　2017年

侯如綺　《雙鄉之間：臺灣外省小說家的離散與敘事（1950~1987）》
臺北市　聯經出版　2014年

柳書琴　《荊棘之道：旅日青年的文學活動與文化抗爭》　臺北市
聯經出版　2009年

洪郁如　《近代臺灣女性史：日治時期新女性的誕生》　臺北市　臺
大出版中心　2017年

胡亞敏　《敘事學》　臺北市　若水堂出版　2014年

范銘如　《文學地理：臺灣小說的空間閱讀》　臺北市　麥田出版
2008年

范銘如　《空間／文本／政治》　臺北市　聯經出版　2015年

徐佑驊、林雅慧、齊藤啟介　《日治臺灣生活事情》　臺北市　翰蘆
　　圖書出版　2016年

高　亨　《詩經今註》　上海市　上海古籍出版　1980年

張素玢　《臺灣的日本農業移民（1905-1945）：以官營移民為中心》
　　臺北縣　國史館　2001年

張素玢　《未竟的殖民：日本在臺移民村》　臺北市　衛城出版
　　2017年

梁啟超　《中國歷史研究法》　上海市　商務書局　1922年

許佩賢　《殖民地臺灣近代教育的鏡像：一九三〇年代臺灣的教育與
　　社會》　臺北市　衛城出版　2015年

陳芳明　《後殖民臺灣：文學史論及其周邊》　臺北市　麥田出版
　　2011年

陳芳明　《殖民地摩登：現代性與臺灣史觀》　臺北市　麥田出版
　　2011年

陳芳明　《臺灣新文學史》　臺北市　聯經出版　2011年

陳培豐　《同化的同床異夢：日治時期臺灣的語言政策、近代化與認
　　同》　臺北市　麥田出版　2006年

陳培豐　《想像與界線──臺灣語言文體的混生》　臺北市　學群出
　　版　2013年

陳翠蓮　《臺灣人的抵抗與認同（1920~1950）》　臺北市　遠流出版
　　2008年

黃英哲　《「去日本化」「再中國化」：戰後臺灣文化重建（1945-
　　1947）》　臺北市　麥田出版　2007年

葉石濤　《臺灣文學史綱》　高雄市　春暉出版　1987年

葉智魁　《休閒研究──休閒觀與休閒專論》　臺北市　品度公司
　　2006年

廖炳惠　《另類現代情》　臺北市　允晨文化　2001年

廖炳惠　《關鍵詞200》　臺北市　麥田出版　2003年

廖炳惠　《臺灣與世界文學的匯流》　臺北市　聯合文學　2006年

劉　禾　《跨語際實踐：文學　民族文化與被譯介的現代性》　北京市　生活・讀書・新知三聯書店　2008年

蔣竹山　《島嶼浮世繪：日治臺灣的大眾生活》　臺北市　蔚藍文化　2014年

鄭毓瑜　《文本風景：自我與空間的相互定義》　臺北市　麥田出版　2014年

鄭麗玲　《躍動的青春：日治臺灣的學生生活》　臺北市　蔚藍文化　2015年

蕭阿勤　《回歸現實：臺灣一九七〇年代的戰後世代與文化政治變遷》　臺北市　中央研究院社會學研究所　2008年

蕭阿勤　《重構臺灣：當代民族主義的文化政治》　臺北市　聯經出版　2012年

戴張寅德編選　《敘事學研究》　北京市　中國社會科學出版社　1989年

戴華萱　《成長的跡線——臺灣五〇年代小說家的成長書寫（1950-1969）》　臺北市　萬卷樓圖書公司　2016年

蘇碩斌等著　《終戰那一天：臺灣戰爭世代的故事》　臺北市　衛城出版　2017年

三　翻譯專書

矢內原忠雄著，林明德譯　《日本帝國主義下之臺灣》　新北市　吳三連臺灣史料基金會　2014年

竹中信子著，曾淑卿譯　《日治臺灣生活史：日本女人在臺灣（大正
　　　篇 1912-1925）》　臺北市　時報文化　2007年

竹中信子著，熊凱弟譯　《日治臺灣生活史：日本女人在臺灣（昭和
　　　篇 1926-1945）上》　臺北市　時報文化　2009年

竹中信子著，熊凱弟譯　《日治臺灣生活史：日本女人在臺灣（昭和
　　　篇 1926-1945）下》　臺北市　時報文化　2009年

克理斯・巴克（Barker, Chris）著　羅世宏譯　《文化研究：理論與
　　　實踐》　臺北市　五南出版　2010年

阮斐娜著，吳佩珍譯　《帝國的太陽下：日本的臺灣及南方殖民地文
　　　學》　臺北市　麥田出版　2010年

於保誠著、繪，艾宇譯　《不要叫我秀子了！》　臺北市　玉山社出
　　　版　2012年

近藤正己著，林詩庭譯　《總力戰與臺灣：日本殖民地的崩潰上、
　　　下》　臺北市　臺大出版中心　2014年

柄谷行人著，吳佩珍譯　《日本近代文學的起源》　臺北市　麥田出
　　　版　2017年

柯瑞斯威爾（Tim Cresswell）著，徐苔玲、王志弘譯　《地方：記
　　　憶、想像與認同》　臺北市　學群出版　2006年

洪郁如著，吳佩珍、吳亦昕譯　《近代臺灣女性史：日治時期新女性
　　　的誕生》　臺北市　臺大出版中心　2017年

約翰・伯格著，吳莉君譯　《觀看的方式》　臺北市　麥田出版
　　　2010年

班納迪克・安德森（Benedict Anderson）著，吳叡人譯　《想像的共同
　　　體：民族主義的起源與散布》　臺北市　時報出版　2010年

荊子馨著，鄭力軒譯　《成為「日本人」：殖民地臺灣與認同政治》
　　　臺北市　麥田出版　2006年

凱斯・詹京斯著，賈士蘅譯　《歷史的再思考》　臺北市　麥田出版
　　　1996年

新垣宏一著，張良澤、戴嘉玲譯　《華麗島歲月》　臺北市　前衛出
　　　版　2002年

駒込武著，吳密察、許佩賢、林詩庭譯　《殖民地帝國日本的文化統
　　　合》　臺北市　臺大出版中心　2017年

羅蘭・巴特著，劉森堯譯　《羅蘭・巴特論羅蘭・巴特》　臺北市
　　　麥田出版　2012年

四　外文專書

フェイ阮クリーマン（阮斐娜）著，林ゆう子譯　《大日本帝国のク
　　　レオール──植民地期台湾の日本語文學》　東京都　慶應
　　　義塾大學出版　2007年

矢內原忠雄　《植民及植民政策》　東京都　有斐閣　1937年

尾崎秀樹　《近代文學の傷痕──旧植民地文學論（同時代ライブラ
　　　リー）》　東京都　岩波書店　1991年

兒玉正昭　《日本移民史研究序說》　廣島市　溪水社　1992年

河原功編　《台湾引揚關係資料集（第一卷）》　東京都　不二出版
　　　2012年

河原功編　《台湾引揚關係資料集（第二卷）》　東京都　不二出版
　　　2012年

河原功編　《台湾引揚關係資料集（第三卷）》　東京都　不二出版
　　　2012年

河原功編　《台湾引揚關係資料集（第四卷）》　東京都　不二出版
　　　2012年

河原功編　《台湾引揚關係資料集（第五卷）》　東京都　不二出版　2012年

河原功編　《台湾引揚關係資料集（第六卷）》　東京都　不二出版　2012年

河原功編　《台湾引揚關係資料集（第七卷）》　東京都　不二出版　2012年

河原功編　《台湾引揚關係資料集（附錄一）》　東京都　不二出版　2012年

河原功編　《台湾引揚關係資料集（附錄二）》　東京都　不二出版　2012年

垂水千惠　《台湾の日本語文學》　東京都　五柳書院　1995年1月

後藤新平　《日本植民政策一斑》　東京都　拓殖新報社　1921年

柄谷行人　《日本近代文學の起源》　東京都　講談社　1988年

柄谷行人　《戰前の思考》　東京都　文藝春秋　1994年

洪郁如　《近代台湾女性史——日本の植民統治と「新女性」の誕生》　東京都　勁草書房　2001年

酒井直樹　《日本思想という問題：翻訳と主体》　東京都　岩波　1997年

陳培豐　《同化の同床異夢》　東京都　三元社　2001年2月

游珮芸　《植民地台湾の兒童文化》　東京都　明石書店　1999年

駒込武　《植民地帝國日本の文化統合》　東京都　岩波書店　1997年

Barry, peter.　*Beginning Theory: An Introduction to Literary and Cultural Theory*. 4th Rdition.　Manchester University Press　2017

五 單篇論文

（一）中文

王明珂 〈民族史的邊緣研究：一個史學與人類學的中介點〉 《新史學》第4卷第2期（1993年3月） 頁95-120

王明珂 〈族群歷史之文本與情境——兼論歷史心性、文類與範式化情節〉 《陝西師範大學學報》第34卷第6期（2005年11月） 頁5-13

王明珂 〈集體歷史記憶與族群認同〉 《當代》第91期（1993年11月） 頁6-19

王明珂 〈過去的結構——關於族群本質與認同變遷的探討〉 《新史學》第5卷第3期（1994年9月） 頁121-122

王明珂 〈臺灣與中國的歷史記憶與失憶〉 《歷史月刊》第105期（1996年10月） 頁34-40

王明珂 〈歷史記憶與族群關係——埃期溝羌族「歷史」的反思〉 《歷史月刊》第196期（2004年5月） 頁98-104

王惠珍 〈後解嚴時期西川滿文學翻譯的文化政治〉 《臺灣文學學報》第29期（2016年6月） 頁79-109

王鈺婷 〈離散經驗與家國之間：論張讓散文中跨界經驗與「局外人」身分〉 《文史臺灣學報》第8期（2014年6月） 頁53-74

白景民 〈《詩經》中的親情〉 《聊城大學學報》（社會科學版）2008年第2期（2008年4月） 頁185-187

朱惠足 〈日本帝國的「浪漫主義」與「內地人」開拓先鋒——濱田隼雄《南方移民村》的東臺灣「內地人」移民〉 《文化研究月報》第24期（2003年2月）

江政寬　〈臺灣歷史中的反抗精神：一個意識層面的初步考察〉
　　　　《玄奘學報》第4期（2001年10月）　頁257-293

江柏煒　〈誰的戰爭歷史？：金門戰史館的國族歷史 VS 民間社會的
　　　　集體記憶〉　《民俗曲藝》第156期（2007年6月）　頁85-155

吳文星　〈戰後初年在臺日人留用政策分析〉　《臺灣師大歷史學
　　　　報》第33期（2005年6月）　頁269-285

吳育龍、高源國、李雅琪　〈臺灣民俗信仰擲杯筊互動設計〉　《設
　　　　計學研究》第13卷第2期（2010年12月）　頁1-18

吳佩珍　〈血液的「曖昧線」——臺灣皇民化文學中「血」的表象與
　　　　日本近代優生學論述〉　《臺灣文學研究學報》第13期
　　　　（2011年10月）　頁217-241

吳宗佑　〈生活就是報國——中山侑的青年劇運動〉　《往返之間：
　　　　戰前臺灣與東亞文學‧美術的傳播與流動》　臺北市　國立
　　　　政治大學圖書館　2017年　頁143-165

李新民，陳密桃　〈樂觀／悲觀傾向與心理幸福感之相關研究：以大
　　　　學在職專班學生為例〉　《教育學刊》第32期（2009年6
　　　　月）　頁1-43

阮斐那著，吳佩珍譯　〈目的地臺灣！——日本殖民時期旅行書寫中
　　　　的臺灣建構〉　《臺灣文學學報》第10期（2007年6月）
　　　　頁57-76

周芬伶　〈顫慄之歌——趙滋蕃小說《半下流社會》與《重生島》的
　　　　流放主題與離散書寫〉　《東海中文學報》第18期（2006年
　　　　7月）　頁197-216

周婉窈　〈臺灣人第一次的「國語」經驗——析論日治末期的日語運
　　　　動及其問題〉　《新史學》第6卷第2期（1995年6月）　頁
　　　　113-161

岩存益典　〈由臺灣官營農業移民探討日本帝國主義的特色──「堀上協的手記」為中心〉　《史耘》第11期（2005年12月）頁57-80

林上哲　〈戰後初期臺灣傳染疾病問題之探究（1945-1949）〉　《洄瀾春秋》第5期（2008年7月）　頁15-32

林呈蓉　〈日本人的臺灣經驗──日治時期的移民村〉　收錄於戴寶村編　《臺灣歷史的鏡與窗》　臺北市　國家展望文教基金會　2002年　頁136-145

林秀珍　〈灣生的牽掛：集體移民的神話圖像〉　收錄於《遷徙與記憶》　高雄市　國立中山大學人文中心　2013年　頁43-67

林初梅　〈灣生日本人同窗會及其臺灣母校──日本引揚者故鄉意識與臺灣人鄉土意識所交織的學校記憶〉　收錄於《戰後臺灣的日本記憶：重返再現戰後的時空》　臺北市　允晨出版　2017年　頁307-359

林淑慧　〈遠遊的共鳴：《兩個芙烈達・卡蘿》、《驅魔》的自我定位〉　《文山評論：文學與文化》第10卷第1期（2016年12月）　頁69-98

林雪星　〈濱田隼雄的「南方移民村」裡的知識份子表象──以醫生神野圭介為主〉　《東吳外語學報》第29期（2009年9月）頁61-80

林慧君　〈「南方文化」的理念與實踐──《文藝臺灣》作品研究〉《臺灣文學學報》第19期（2011年12月）　頁75-97

林慧君　〈日據時期在臺日人小說中灣生的認同歷程〉　《國文天地》第29期（2009年8月）　頁56-61

林慧君　〈新垣宏一小說中的臺灣人形象〉　《臺灣文學學報》第16期（2010年6月）　頁85-111

邱貴芬　〈「在地性」的生成：從臺灣現代派小說談「根」與「路
　　　　徑」的辯證〉　《中外文學》第34期第10卷（2006年3月）
　　　　頁125-154

邱貴芬　〈「發現臺灣」：建構臺灣後殖民論述〉　《中外文學》第21
　　　　卷第2期（1992年）　頁151-167

星名宏修　〈「血液」的政治學──閱讀臺灣「皇民化時期文學」〉
　　　　《臺灣文學學報》第6期（2005年2月）　頁19-57

柯任光　〈日治時期戶口資料在家族史的應用案例──兼述戶籍電子
　　　　化姓氏誤植問題〉　《臺灣源流》第76期、第77期（2016年
　　　　10月）　頁120-135

柳書琴　〈糞現實主義與皇民文學：1940年代臺灣文壇的認同之戰〉
　　　　《東亞現代中文文學國際學報》第4期　汕頭大學號（2010
　　　　年5月）　頁51-79

洪郁如　〈戰爭記憶與殖民地經驗：開原綠的臺灣日記〉　《近代中
　　　　國婦女研究》第24期（2014年12月）　頁47-82

洪淑苓　〈越華現代詩中的戰爭書寫與離散敘述〉　《中國現代文
　　　　學》第27期（2015年6月）　頁91-132

夏春祥　〈文化象徵與集體記憶的競逐──從臺北市凱達格蘭大道談
　　　　起〉　《臺灣社會研究季刊》第31期（1998年9月）　頁57-
　　　　96

孫麗娟　〈從筷子看日本文化〉　《佳木斯教育學院學報》第116期
　　　　（2012年第6期）　頁102-103

張振東　〈莊子的人生觀〉　《現代學人》第3期（1961年11月）　頁
　　　　99-126

張素玢　〈移民與山豬的戰爭──國家政策對生態的影響（1910-
　　　　1930）〉《師大臺灣史學報》第4期（2011年9月）　頁95-127

張錦忠　〈文化回歸、離散臺灣與旅行跨國性：「在臺馬華文學」的案例〉　《中外文學》第33期第7卷（2004年12月）　頁153-166

張錦忠　〈在臺馬華文學的原鄉想像〉　《中山人文學報》第22期（2006年7月）　頁93-105

許文堂　〈清法戰爭中淡水、基隆之役的文學、史實與集體記憶〉《臺灣史研究》第13卷第1期（2006年6月）　頁1-50

郭祐慈　〈文學與歷史：濱田隼雄《南方移民村》之文學史定位〉《臺灣風物》第56卷第3期（2006年9月）　頁105-138

陳芳明　〈複數記憶的浮現：解嚴後的臺灣文學趨向〉　《思想》第8期（2008年3月）　頁131-140

陳翠蓮　〈去殖民與再殖民的對抗：以一九四六年「臺人奴化」論戰為聚焦〉　《臺灣史研究》第9卷第2期（2002年12月）　頁145-201

陳鴻圖　〈官營移民村與東臺灣的水利開發〉　《東臺灣研究》第7期（2002年12月）　頁135-164

曾秀萍　〈一則弔詭的臺灣寓言——《風前塵埃》的灣生書寫、敘事策略與日本情結〉　《臺灣文學學報》第16期（2015年6月）　頁153-190

曾秀萍　〈灣生・怪胎・國族——《惑鄉之人》的男男情欲與臺日情結〉　《臺灣文學研究學報》第24期（2017年4月）　頁111-143

黃秀政　〈論二二八事件的發生及其對臺灣的傷害〉　《興大人文學報》第36期（2006年3月）　頁493-540

黃秀端　〈政治權力與集體記憶的競逐——從報紙之報導來看對二二八的詮釋〉　《臺灣民主季刊》第5卷第4期（2008年12月）頁129-180

黃金麟　〈革命與反革命──「清黨」再思考〉　《新史學》第11卷
　　　　第1期（2000年3月）　頁99-147

黃錦珠　〈臺灣記憶：個人與國族的對映和交疊／讀鈴木怜子《南風
　　　　如歌──一位日本阿嬤的臺灣鄉愁》〉　《文訊》第349期
　　　　（2014年11月）　頁112-113

黃蘭翔　〈花蓮日本官營移民村初期規畫與農宅建築〉　《中央研究
　　　　院臺灣史研究》第3卷第2期（1996年12月）　頁51-91

楊鎮宇　〈鈴木怜子童年憶難忘：灣生思鄉情懷〉　《熟年誌》
　　　　（2015年12月）　頁58-61

廖炳惠　〈全球離散之下的亞美文學研究〉　《英美文學評論》第9
　　　　期（2006年10月）　頁59-76

鳳氣至純平　〈臺灣人不在的臺灣──以中山侑為主「灣生」作家為
　　　　考察對象〉　收錄於《第二屆全國臺灣文學研究生學術論文
　　　　研討會論文集》　臺南市　國立臺灣文學館出版　2005年
　　　　頁439-476

鳳氣至純平　〈臺灣引揚者的臺灣書寫〉　《臺灣學通訊》第103期
　　　　（2018年1月）　頁28-29

歐素瑛　〈戰後初期在臺日人之遣返〉　《國史館學術集刊》第3期
　　　　（2003年9月）　頁201-227

蔡亦竹　〈灣生故事另一章〉　《薰風》創刊號（2017年1月）　頁
　　　　90-93

蔡旻軒　〈論《南方移民村》作為報導文學文本的可能〉　《文史臺
　　　　灣學報》第6期（2013年6月）　頁49-71

蔡知臻　〈再現「東亞」：孟樊旅遊詩中的異域文化〉　《輔大中研
　　　　所學刊》第37期（2017年4月）　頁365-384

蔡知臻　〈移動與認同建構：以《南風如歌》為例〉　收錄於《臺灣
　　　　文學臉孔的多元書寫與實踐──第十三屆全國臺灣文學研究

生學術研討會論文集》　臺南市　國立臺灣文學館出版
2016年　頁358-388

蔡知臻　〈跨國移動與書寫：以鈴木怜子的灣生身分及其回憶錄為
　　　　例〉　收錄於蔡玫姿主編《「跨國・1930・女性」研討會論
　　　　文集》　臺南市　國立成功大學性別與婦女研究中心出版
　　　　2017年　頁109-130

蔡知臻　〈灣生如何書寫「臺灣」？——以立石鐵臣、於保誠、鈴木
　　　　怜子為探討對象〉　收錄於《想像共同與差異——第十四屆
　　　　全國臺灣文學研究生學術研討會論文集》　臺南市　國立臺
　　　　灣文學館出版　2017年　頁408-434

蔡知臻　〈灣生的存在：歷史課題與認同記憶〉　《幼獅文藝》第
　　　　759期（2017年3月）　頁121-123

蔡錦堂　〈「臺北高等學校」校史研究與教學〉　《國民教育》第53
　　　　卷第2期（2012年12月）　頁29-34

鄭安晞　〈日治山區空間與山旅文學的形成——以玉山為例〉　收錄
　　　　於林淑慧主編、林鎮山等著　《時空流轉：文學景觀、文化
　　　　翻譯與語言接觸》　臺北市　萬卷樓圖書公司　2014年　頁
　　　　205-234

橫路啟子　〈濱田隼雄《南方移民村》論——以「更正」為中心〉
　　　　《東吳日語教育學報》第36期（2011年1月）　頁105-128

蕭阿勤　〈民族主義與臺灣一九七〇年代的「鄉土文學」：一個文化
　　　　（集體）記憶變遷的探討〉　《臺灣史研究》第6卷第2期
　　　　（2000年10月）　頁77-138

蕭阿勤　〈抗日集體記憶的民族化：臺灣一九七〇年代的戰後世代與
　　　　日據時期臺灣新文學〉　《臺灣史研究》第9卷第1期（2002
　　　　年6月）　頁181-239

蕭阿勤　〈集體記憶理論的檢討：解剖者、拯救者、與一種民主觀點〉　《思與言》第35卷（1997年3月）　頁247-296

蕭阿勤　〈臺灣文學的本土化典範：歷史敘事、策略的本質主義與國家權力〉　《文化研究》創刊號（2005年9月）　頁97-129

蕭阿勤　〈認同、敘事、與行動：臺灣一九七〇年代黨外的歷史建構〉　《臺灣社會學》第5期（2003年5月）　頁195-250

蕭阿勤　〈認同研究中的歷史：過去的事實、社會的過程、與人類經驗的歷史性／敘事性〉　收錄於張錦忠、黃錦樹主編　《重寫臺灣文學史》　臺北市　麥田出版　2007年　頁23-59

賴沛君　〈寺廟龍虎堵之賞析〉　《藝術欣賞》第8卷第2期（2012年9月）　頁193-212

賴俊雄　〈當代離散：差異政治與共群倫理〉　《中外文學》第43期第2卷（2014年6月）　頁11-56

鍾延麟　〈文革相關回憶錄內容特色與史料價值之評析〉　《東亞研究》第37卷第1期（2006年1月）　頁133-159

藍麗春　〈寺廟門庭石獅造型來源探析〉　《嘉南學報（人文類）》第36期（2010年12月）　頁655-662

顏杏如　〈日治時期在臺日人植櫻與櫻花意象：「內地」風景的發現、移植與櫻花論述〉　《臺灣史研究》第14卷第3期（2007年9月）　頁97-138

顏杏如　〈流轉的故鄉之影：殖民地經驗下在臺日人的故鄉意識、建構與轉折〉　收錄於《跨域青年學者臺灣史研究論集》　臺北市　稻香出版社　2008年　頁173-217

顏杏如　〈歌人尾崎孝子的移動與殖民地經驗：在新女性思潮中航向夢想的「中間層」〉　《臺灣史研究》第23卷第2期（2016年6月）　頁65-110

顏杏如　〈與帝國的腳步俱進──高橋鏡子的跨界、外地經驗與國家意識〉　《臺大歷史學報》第52期（2013年12月）　頁251-302

羅詩雲　〈《民俗臺灣》中的在地性──以俚諺、「民俗圖繪」專欄為探討對象〉　《中極學刊》第6輯（2007年12月）　頁109-121

（二）日文

丸川哲史　〈台湾のポスト植民地期（1945-50）における文学──異文化接触とステレオタイプの形成〉　《日本台湾学会報》第3号（2001年5月）　頁70-88

井上弘樹　〈国立台湾大学における日本人留用政策〉　《日本台湾学会報》第16号（2014年6月）　頁84-106

何義麟　〈「国語」の転換をめぐる台湾人エスニシティの政治化──戦後台湾における言語紛争の一考察〉　《日本台湾学会報》創刊号（1999年5月）　頁92-107

吳佩珍　〈真杉静枝の「花樟物語」三部作とその台湾表象〉　《立命館文学》第625号（2017年8月）　頁196-202

鳳気至純平　〈書いたのは誰の歴史か？──『南方移民村』から見る濱田隼雄の歴史意識〉　《日本台湾学会報》第14号（2012年6月）　頁89-107

鄧麗霞　〈牛島春子の引揚げ文学〉　《立命館文学》第625号（2017年8月）　頁138-150

顏杏如　〈二つの正月──植民地台湾における時間の重層と交錯（1895-1930年）〉　《日本台湾学会報》第9号（2007年5月）　頁1-21

（三）英文

Abbott, Andrew,　From Causes to Events: Notes on Narrative Positivism. *Sociological Methods ＆ Research* 20.4 (1992)

六　碩博士論文

吳曉恬　《殖民間隙裡的糾葛與記憶：以立石鐵臣的創作為中心》
　　　　臺中市　國立中興大學臺灣文學與跨國文化研究所碩士論文
　　　　2017年

李沿儒　《郭強生小說中的空間書寫研究——以性別與身分流動為觀
　　　　察核心》　嘉義縣　國立中正大學臺灣文學研究所碩士論文
　　　　2014年

姚錫林　《臺籍日本兵的記憶建構與認同敘事》　臺南市　國立成功
　　　　大學臺灣文學系碩士論文　2010年

陳文賢　《廖文毅的理想國：臺灣共和國臨時政府的成立與瓦解》
　　　　臺北市　國立政治大學臺灣史研究所博士論文　2013年

曾玟慧　《施叔青「臺灣三部曲」中的性別意識與歷史觀照》　新竹
　　　　市　國立清華大學臺灣文學研究所碩士論文　2015年

楊采陵　《家鄉的三重變奏——從空間語境和身體意識探究施叔青的
　　　　臺灣書寫》　新竹市　國立清華大學臺灣文學研究所碩士論
　　　　文　2009年

趙慶華　《紙上的「我（們）」——外省第一代知識女性的自傳書寫
　　　　與敘事認同》　臺南市　國立成功大學臺灣文學系博士論文
　　　　2013年

鳳氣至純平　《中山侑研究——分析他的「灣生」身分及其文化活
　　　　動》　臺南市　國立成功大學臺灣文學系碩士論文　2006年

鳳氣至純平　《日治時期在臺日人的臺灣歷史像》　臺南市　國立成功大學臺灣文學系博士論文　2014年

劉　安　《戰後臺灣阿里山空間的現代文學書寫——以散文、新詩、小說三文類為觀察核心》　臺中市　國立中興大學中國文學系碩士論文　2016年

蔡翠華　《六〇年代《臺灣文藝》小說研究（1964-1969）——以認同敘事為中心的考察》　臺北市　國立臺灣師範大學臺灣語文學系碩士論文　2010年

謝秀惠　《施叔青筆下的後殖民島嶼圖像——以《香港三部曲》、《臺灣三部曲》為探討對象》　臺北市　國立臺灣師範大學臺灣文化及語言文學研究所碩士論文　2010年

蘇筱雯　《尋愛以安身？——郭強生小說研究（1980-2015）》　臺南市　國立成功大學臺灣文學系碩士論文　2017年

七　資料庫

臺灣日日新報　http://0-oldnews.lib.ntnu.edu.tw.opac.lib.ntnu.edu.tw/cgi-bin2/Libo.cgi?

漢文臺灣日日新報　http://0-oldnews.lib.ntnu.edu.tw.opac.lib.ntnu.edu.tw/cgi-bin2/Libo.cgi?

臺灣民報資料庫　http://0-taiwannews.lib.ntnu.edu.tw.opac.lib.ntnu.edu.tw/

日治時期期刊影像系統　http://0-stfj.ntl.edu.tw.opac.lib.ntnu.edu.tw/cgi-bin/gs32/gsweb.cgi/login?o=dwebmge&cache=1447385469898

聯合知識網　全文報紙資料庫　http://0-udndata.com.opac.lib.ntnu.edu.tw/library/udn/

臺灣新聞智慧網　http://0-news.infolinker.com.tw.opac.lib.ntnu.edu.tw/
　　　cgi-bin2/Libo.cgi

附錄一
鈴木怜子（すずきれいこ）年表

年代	年齡	鈴木怜子活動	臺灣大事記	日本大事紀
1935 （昭和10）	0歲	出生於殖民地臺灣臺北大安町。	1.臺中召開臺灣米擁護大會 2.臺灣博覽會開幕 3.臺灣地方自治制度實施後舉行第一次投票	日本眾議院通過國體明徵決議案
1942 （昭和17）	7歲	就讀幸國民小學校（今臺北市幸安國民小學）。	1.實施「臺灣特別」志願兵制度 2.總督府召開物資配給會議 3.「臺灣高砂義勇隊」第一次赴菲律賓作戰	美軍首度轟炸日本東京、名古屋、神戶
1945 （昭和20）	10歲		1.日月潭電廠遭轟炸，停止供電 2.廢除保甲制度	1.日本廣島、長崎遭原子彈轟炸 2.日本於八月十五日無條件投降，第二次世界大戰結束
1947 （昭和22）	11歲		1.臺北市大稻埕發生警民衝突	1.《日本國憲法》施行

年代	年齡	鈴木怜子活動	臺灣大事記	日本大事紀
			2. 二二八事件	2. 《教育基本法》、《學校教育法》、《勞動基本法》公佈
1948（昭和23）	12歲（應為13歲，但回憶錄紀錄為12歲）	全家人日本戰敗接受引揚回日本九州，後至東京。	1. 三七五減租開始 2. 動員戡亂時期臨時條款施行	1. 民主自由黨成立 2. 遠東國際軍事裁判
1954（昭和29）	18歲	前往美國費城的美術學校留學。	中（臺）美共同防衛條約	比基尼環礁的氫彈試爆、第五福龍丸的乘組員遭到輻射汙染
1982（昭和57）	47歲	日本戰敗歸國後首次造訪臺灣，帶著大女兒和二女兒一起。		中國政府提出日本歷史教科書的記述違反中日共同聲明而提出抗議
1984-1986（昭和59-61）	49-51歲	與丈夫的長期海外旅行。（墨西哥、西班牙、葡萄牙、哥斯大黎加、美國洛杉磯等）。是退休後之生活。	蔣經國連選連任第七屆總統、副總統李登輝（1984）	

年代	年齡	鈴木怜子活動	臺灣大事記	日本大事紀
1986（昭和61）	51歲	丈夫罹患A型肝炎，為增加抵抗力與精神，鈴木怜子帶著她的丈夫二度來到臺灣學習氣功。	民主進步黨成立，主席為江鵬堅	東京峰會於東京舉行
1987（昭和62）	52歲		1.戒嚴令解除，施行國家安全法 2.開放中國大陸探親	1.日本航空完全民營化 2.國鐵民營化
1997（平成9）	62歲	出版《世界でいちばん住みよいところ》（東京：マガジンハウス，1997年）。	國民大會決議廢臺灣省	亞洲金融風暴。長野新幹線（高崎站至長野站）通車、3D龍事件
2003（平成15）	68歲	出版《日本に住むザビエル家の末裔──ルイス・フォンテス神父の足跡》（東京：彩流社，2003年）。	1.臺灣SARS疫情爆發 2.立法院通過《公民投票法》	SARS疫情的爆發引起全球恐慌
2006（平成18）	71歲	出版《ワトソン・繁子──バレリーナ服部智恵子の	1.施明德領導「百萬人民反貪腐倒扁」運動 2.臺灣高速鐵路試	日本贏得世界棒球經典賽冠軍

年代	年齡	鈴木怜子活動	臺灣大事記	日本大事紀
		娘》（東京：彩流社，2006年）。	營運，隔年1月5日通車	
2007（平成19）	72歲	拜訪高齡八十六歲，精通日語的郭維祖醫生。	地方制度法修改，臺北縣成為準直轄市	1.新潟縣中越沖地震 2.日本郵政公社民營化，日本郵政（JPグループ）成立
2008（平成20）	73歲	出版《旺盛な欲望は七分で抑えよ——評伝 昭和の女傑 松田妙子》（東京：清流出版，2008年）。	海基會、海協會於6月13日再度復談，可望解決目前兩岸的窘況	油價高漲導致物價飛揚、岩手、宮城內陸地震、世界金融危機，景氣衰退
2011（平成23）	76歲	鈴木怜子臨時決定拜訪替自己把脈看病將近十年之久，住在臺北的李公裕中醫師。	1.中華民國建國一百年 2.中華民國政府與臺灣人民對東日本大震災展開援助	日本311大地震發生，芮氏規模9.0，為史上最大
2012（平成24）	77歲	定居臺灣臺北、養老。		
2012-2014（平成24-26）	77~79歲	回東京、並且完成《台湾乳なる祖国——		

年代	年齡	鈴木怜子活動	臺灣大事記	日本大事紀
		娘たちへの贈り物》回憶錄。		
2014（平成26）	79歲	出版《台湾乳なる祖国——娘たちへの贈り物》（東京：彩流社，2014年），同年由邱慎翻譯出版中文版《南風如歌——一位臺灣阿嬤的臺灣鄉愁》（臺北：蔚藍文化，2014年9月）。	臺灣民眾聚集凱道，反核聲浪再起。	

參閱資料：

鈴木怜子著、邱慎譯　《南風如歌：一位日本阿嬤的臺灣鄉愁》　臺
　　　北市　蔚藍文化　2014年

陳芳明　《臺灣新文學史》　臺北市　聯經出版　2011年

柯榮三　《雅俗兼行——日治時期臺灣漢文通俗小說概述》　臺南市
　　　國立臺灣文學館　2013年

劉少唐主編　〈臺灣歷史年表〉　http://www.history.com.tw/indexidv.htm

附錄二

如何歌頌南風：與邱慎談鈴木怜子

一　訪談日期：二〇一七年三月二十七日

二　訪談時間：上午九時至十一時，共兩小時

三　受訪者：《南風如歌》譯者邱慎（以下簡稱：邱）

四　訪問與紀錄：蔡知臻（以下簡稱：蔡）

五　訪談地點：丹堤咖啡（捷運科技店）

　　首先非常感謝老師的答允接受知臻的採訪，本採訪的目的是希冀有助於論文的寫作。

蔡：老師您與鈴木阿嬤是如何熟識的？

邱：我們最主要是在日本東京認識的，從二〇〇四年開始，因為我先生的工作關係，所以在東京生活。東京有一個婦女會，婦女會有舉辦一個讀書會，就在那邊與鈴木阿嬤認識的。因為她對於臺灣的歷史文化等議題相當有興趣，所以她跟我們念書的時候也多次問到關於臺灣的問題。我跟鈴木阿嬤是蠻有緣的，她就說想趁我回國（臺灣）探親時到臺灣遊玩，那一次我就帶著她去宜蘭礁溪度假。再來，就是二〇一二年四月，她想多了解臺灣，所以就想來臺北小住，剛好也有個機緣，我就介紹她住在中山區。二〇一四年一月日文版的回憶錄出版，書名中的「臺灣」可說是很重要的關鍵詞。

蔡：這本書的書名是如何而來的？

邱：「乳」跟「父」在日文上是同音，我也特別詢問鈴木阿嬤，她說其實這個「乳」與「父」也有在日本的短歌、和歌裡用以歌頌父親，說明「乳」跟父母是有關係的、有連結的，所以她對書名的想法是很有心的，因為她覺得自己是喝臺灣人的奶水長大的，這一片土地對她的情感上、心靈上是很重要的一個「根」，後來也想說，這本書的出版，因她有感於現在年輕人，尤其日本的年輕人，他們對臺灣根本就不了解，所以她很想用這樣的書名、題目來吸引現下的年輕人可以看一下、翻閱本書，希望看到書名「臺灣」就會進一步想去了解，因為她整個最主要要講的就是她的「心靈的故鄉：臺灣」。

蔡：為什麼日文的書名在翻譯後會變成《南風如歌》這樣的書名？

邱：其實我最先是比較直譯的翻法，就是「蘊育成長的祖國臺灣」，這個名字相對比較艱深一點。後來蔚藍出版社的總編，他是一位散文作家，他知道這本書是以散文方式來書寫，所以他以散文的立場改作「南風如歌」這樣的書名。其實這個「南風」，在《詩經》裡頭提到歌頌父母的恩德、振興父母的偉大，也有懷念父母的意思，然後臺灣又是在日本的南方，所以我覺得這個書名命名的真的很棒，然後每一篇就好像南風一樣，這就是我們書名的由來。

蔡：為什麼會想要翻譯這本書？

邱：因為在我與鈴木阿嬤認識之後，她也有更多機會來到臺灣，也寫下《南風如歌》一書，這本書是在二〇一四年一月出版的，因為

這本書出版之後，蔚藍出版社他們有一個出版商，會去稍微蒐集日本現在出版的書籍資訊，然後再考量是不是有讀者市場，就會去評估，評估之後他們發現這本書，應該是蠻值得翻譯的。蔚藍出版起先與我完全都不認識，後來因為日文版的版權賣給了臺灣，他們就必須找翻譯員，鈴木阿嬤覺得我應該是最適合來擔任翻譯的，她就將我推薦給出版社。那出版社不知道我是怎樣的一個人物，也不是很放心我是不是可以翻譯，所以我就先進行試翻然後給他們過目。看過我的翻譯作品之後，因我之前也翻譯過其他的日本文學作品，出版社覺得可以。所以說，怎麼會翻譯這本書，主要就是剛剛說的，因為出版社覺得這本書很好，很好之後作者覺得她不放心給其他人來翻，所以她就指名我，出版社也覺得，雖然有推薦人選，但也不敢貿然的就用我，最後經過流程後覺得我可以勝任，就很單純的接了這個案子。

蔡：翻譯此書的過程中有沒有遇到什麼困難？

邱：其實，鈴木阿嬤的文學素養很高。她現在是八十二歲，寫這本書的時候是八十歲左右。她父親那邊，就是她父親的曾祖父是在日本翻譯德國文學的先驅。她媽媽是位武士的女兒，所以鈴木阿嬤不管是在文學，或是家族聲望，各方面都是非常頂尖的，可以知道她自己本身的素養是非常好的。在翻譯的時候，我認為比較困難的部分，是因為她文學素養非常好，所以她會引用很多日本和歌、俳句。原本這本書是寫給日本人看的，所以可能對日本讀者來說，這時候用這個句子，大家可以感受到其用意或是得到共鳴。可是對於一個外國人來講，就不見得感受得到，除非這個人的日文能力、語文素養也要非常的高。我承認我不可能，所以在翻譯的時候有一些比較難的和歌或是字句，我沒有辦法用我們的

語言去表達出來，所以我大概只能把「真」意思能夠忠實的呈現，這是一個。還有就是，因為她出身比較富裕的家庭，所以她的用字遣詞就會比較深奧。她的書有很多地方，可能看一次是沒有辦法看得懂，而且有的時候必須依前後文來推敲。比較好的一點就是，我跟她的關係很不錯，隨時可以討論。她知道要出這本書，在中文出版的前一個月，她特地來拜訪蔚藍出版社，然後找我，我就陪著她一起去花蓮拜訪了幾位好朋友，她也特地留點時間，讓我問所有在翻譯過程中遇到有問題的地方。我們就住在同一個旅館，漸漸的把整本書的內容翻譯都做了確認，也因為這樣，這本書有很多地方是需要加註解，不知道你有沒有發現這本書有很多的註解，共九十四條。這個也是在翻譯這本書的時候，她當然也知道我很用心，所以她不敢交給別人翻也是這樣。後來事實也證明，我不知道中文版是不是還算通順？感覺不出是那種翻譯後看不太懂的樣子。很多的翻譯書在翻譯過後是看不懂的，或是邏輯很奇怪。我也覺得說，我是非常用心的在翻譯這本書，後來的回響我也覺得很值得。

蔡：鈴木阿嬤的個性、以及在日本的活動狀況，成就如何？

邱：我覺得鈴木阿嬤已經是我的偶像了，因為她的獨立心很強，然後她很樂觀、進取，而且她充滿了好奇心，她觀察入微，充滿好奇心。我舉個例子，這本書出來後，我們有兩場的發表會，臺北的場次有找相關的作家座談，花蓮的場次就是與讀者的面談，隔年我還陪她到埔里，去住了一個埔里小鎮的民宿。我說她觀察入微，就是她對什麼事情都充滿好奇心：臺灣有個飲料叫做「青蛙下蛋」，她就覺得很有意思。然後只要是旅行，她也都自己安排，比如說她來臺灣接受訪問的時候，住宿等她都完全靠自己，

她為什麼這樣做，最主要就是想要跟當地接觸。雖然她比較遺憾的一點就是她不會中文，她只會幾句臺語，臺語是從她的奶媽或是小時候的那些臺灣的朋友學的。雖然是這樣但是她在旅行的時候，還是可以自理，就像她在嘉義要回臺北的路上，她就有辦法很快的跟隔壁年輕人用英文交談，變成了朋友。我剛剛講的就是她很積極的深入當地，剛剛講的青蛙下蛋也是，有一次她自己安排去了趟溪頭，她自己去訂房、自己去住。她很想去回味一下原始臺灣的風貌，然後她就碰到一個阿桑在賣青蛙下蛋。她覺得很有意思，因為這個與她小時候對臺灣的記憶是有連貫的。她小時候住在大安區，她看到很多青蛙下蛋的場景，或許我可能都還有一點記憶，不知道你有沒有看過青蛙的蛋？因為她有這個記憶，所以她看到青蛙下蛋的飲料時覺得很有意思，所以她就跟賣飲料的阿桑買了。還有一次她在臺中小住的時候我去拜訪她，她就跟我說：「我有這個飲料喔，這個是青蛙下蛋，我弄給你喝」。她就是有這種積極，不管她去哪裡，在臺灣旅行也好或是她走訪的二十幾個國家。你也有問到她其它的作品，我今天有帶一本，就是她拜訪其它國家的時候紀錄的，目前她其它的書只剩下這本還買得到，其它都已絕版。這本書翻成中文是《世界上適合去住的國家或地方》，她舉了好幾個地方，我有稍微看了一下。她不管去了哪裡，她都是這個樣子。她去墨西哥時還跟墨西哥的小學生一起上課，所以，以她的個性來講，這點是我很值得學習的，不管是給年輕人也好，或是中老年人，這點都是非常棒的。

然後，她覺得說，人生到現在最主要的關鍵，就是戰爭剝奪了她出生、成長的故鄉，而且影響到她。她在青少年的時候，出生非常富裕，在臺灣也很自由奔放，是與大自然一起成長的小孩，可是她十二歲回到自己的祖國日本後，她沒辦法去適應，在這個過

程中，可能因為這樣就讓她錯亂，到底自己是哪裡人？自己的認同？那她覺得說這樣子因為從一個完全不同環境的適應，對她來講在青春期是一個很大的盲點。後來為什麼必須要到美國去念書，然後因為先生退休以後，為什麼要出走各個國家，是因為她的先生是擔任記者的工作。你也知道記者的工作是要二十四小時全部全神貫注，而且除了貫注之外還會擔心錯誤，比如說他要回家休息，可是馬上又會有新的工作與事件發生的時候，他又要馬上去第一現場去處理之類的，所以她先生在職場上是完全很緊繃的，他退休之後當然想要遠離這樣的生活，他不喜歡這麼的忙，所以在她先生與她的個性上，也凸顯了為什麼他們要去二十幾個國家旅行。她現在覺得走訪這麼多國家之後，等到她現在八十二歲，她自己回憶她這輩子，她本來就想說，為什麼她會有想遠離日本的情況，她自己回想後，最主要的可能就是小時候因為在臺灣長大，受到亞熱帶個性的影響，大而化之什麼的，所以她到日本這樣嚴謹的社會，她沒辦法去適應，她沒有辦法去解讀人家的意思，她覺得，這樣子，也是我剛剛說的她為什麼到其他國家，好像浪跡天涯似的，然後不想跟日本人相處，所以人際關係很不好。雖然這樣她走了二十幾個國家，有時候安靜下來的時候她會覺得，她的人生這樣值得嗎？這樣是好是壞？可是她等到最近給自己找到一個答案，這樣子的浪跡天涯，對她的人生來講，並不是缺點，反而很好，也豐富她的人生，所以這是她最後自己是這樣子生長在異鄉，就是因為她有這個經驗，所以她才可以更豐富她的人生。她自己知道自己是灣生，但她不喜歡把議題集中在灣生身上。

她大學時代，正好是嬉皮的年代，她覺得，人到最後要能夠捨才能夠得。她把她的物欲降到最低，她出門什麼都不用，就一個包

包。一般人七十、八十歲就是很惜物，但是她不會，她覺得，她十二歲離開臺灣的時候，她就已了解人生什麼時候都會有變化。本來出生一個富裕的家庭，但因為一個戰爭就受派遣回國、引揚，你就通通什麼都沒有了，所以如果你太專注物欲的話，你就會被物質所主導。所以她說，她從那個時候，就不會對物欲有很大的占有，這樣的觀念我覺得是很不錯的。她覺得，她要的是「當下」，她可以將她這些有形的東西，例如房產，通通都不要、賣掉，可是她到處去旅遊，她得到什麼呢？她得到友情、得到知識，最重要的一點就是，一般的人可能就是去玩一玩，可能就沒了，但她會透過寫作，當然不是每一個人都有寫作的能力，她把旅行的經驗以及各方面書寫成書，然後在為她的生命做紀錄，這是我相當敬佩的。

我做翻譯工作到現在，我跟作者關係這麼緊密的，鈴木阿嬤是第一人，以前大部分譯者跟作者很熟的情況是不常見的，但因為機緣，我能夠跟她非常熟。跟她非常熟的優點就是，我可以看得到別人看不到的地方，或許這個並不是很關鍵，但如果放在學位論文研究的話就很重要。

近年，因為鈴木阿嬤的腳不良於行，是因為以前脊椎有傷到，以及腳指外翻所導致的。所以，她下一本書的目標，本是想寫如何迎接她的晚年，她的新書寫作計畫，就是想前往南投走訪一個日治時期的醫生家，但可能就是因為腳的關係，她還沒有做這件事。所以我最近也有問鈴木阿嬤最近是否有新書出版，但她都沒有正面給我答覆，我在想應該是還沒有出來，有時候一直挖也不是很好。她的作品，傳記的部分比較偏向是她的歷史考證，我覺得她很厲害的一點就是，《ワトソン・繁子——バレリーナ服部智恵子の娘》以及《日本に住むザビエル家の末裔——ルイス・

フォンテス神父の足跡》，其實都絕版了，日本也都買不到，如
果想要找出她全部的書，可能有點困難，我也有問過鈴木阿嬤，
最後她只有給我《世界でいちばん住みよいところ》這本。她會
對史實很認真的去踏訪與調查，她寫這本書呈現出不同於像紀錄
片的灣生：因為沒有戶籍謄本所以只是去找戶籍謄本想要去尋根，
然後就是：好我拿到了然後相當感動這樣，《灣生回家》的七個
灣生，我不知道其他人看到是怎樣，是很感性？鈴子阿嬤不只是
著重於只是回憶，然後找到以後的那種感動以及真情的流露，只
是這樣子。當然對她來說這只是其中一個部份，但她不同於其他
灣生的地方在於，她的一些人文素養還有她所受到的一些教育，
以及她先生的記者工作，透過這些，以至於她的視野與一般的灣
生不一樣，是包含全世界的、是開放性的。她最主要是希望，透
過她這樣的成長背景，以此為基礎然後繼續延伸。所以可以發現
她作品後面的章節，是著重與臺灣的關聯，她想跳脫那種悲情的
歷史回憶，不要沉溺在歷史情境中的悲情，而是讓臺日之間更親
睦，更棒。

文學研究叢書·臺灣文學叢刊 0810011

記憶與認同：灣生鈴木怜子及《南風如歌》研究

作　　　者	蔡知臻
責任編輯	林以邠
校　　　對	曾湘綾

發 行 人	林慶彰
總 經 理	梁錦興
總 編 輯	張晏瑞
編 輯 所	萬卷樓圖書股份有限公司
排 　 版	林曉敏
印 　 刷	百通科技股份有限公司
封面設計	菩薩蠻數位文化有限公司

發　　　行　萬卷樓圖書股份有限公司

　　臺北市羅斯福路二段 41 號 6 樓之 3

　　電話 (02)23216565

　　傳真 (02)23218698

　　電郵 SERVICE@WANJUAN.COM.TW

香港經銷　香港聯合書刊物流有限公司

　　電話 (852)21502100

　　傳真 (852)23560735

ISBN 978-986-478-327-4

2020 年 5 月初版二刷

2020 年 2 月初版一刷

定價：新臺幣 300 元

如何購買本書：

1. 劃撥購書，請透過以下郵政劃撥帳號：

　　帳號：15624015

　　戶名：萬卷樓圖書股份有限公司

2. 轉帳購書，請透過以下帳戶

　　合作金庫銀行 古亭分行

　　戶名：萬卷樓圖書股份有限公司

　　帳號：0877717092596

3. 網路購書，請透過萬卷樓網站

　　網址 WWW.WANJUAN.COM.TW

大量購書，請直接聯繫我們，將有專人為

您服務。客服：(02)23216565 分機 610

如有缺頁、破損或裝訂錯誤，請寄回更換

版權所有·翻印必究

Copyright©2020 by WanJuanLou Books CO., Ltd.

All Right Reserved　　　　　**Printed in Taiwan**

國家圖書館出版品預行編目資料

記憶與認同：灣生鈴木怜子及《南風如歌》

研究 / 蔡知臻著. -- 初版. -- 臺北市：萬卷

樓, 2020.02

　　面；　公分. -- (文學研究叢書. 臺灣文學叢

刊；810011)

ISBN 978-986-478-327-4(平裝)

1.日本文學 2.文學評論

861.2　　　　　　　　　　　　108021943